有你

猫语猫寻
等/著

Have your
World is Complete

世界才
完整

文匯出版社

第二章
平明送客楚山孤

我们只是朋友，手指轻触也许会有火花，但最终我们只是遥遥相望，因为友情太美，我们不忍再前进一步，生怕触动了那片美好一切就都不一样了。

于是，我们，可能——永远都只会是朋友。

目录

第一章
人面桃花相映红

那年那月那天，我们相遇，友情如花，绽放在我们的脸上、心中，并深深刻印在我们的脑海里，任时光荏苒，那画面依然清晰如初。

第三章

何当共剪西窗烛

那时，我们还在一起，那时，我们还期待着一个属于我们的未来，只是岁月蹉跎了爱情，让它像一叶轻舟漂过我们的身边，然后越漂越远，只是我们还记得当年我们记忆里的那个画面和那份期待。

第四章
人生若只如初见

　　我相信生命中这些被安放在别处的过去，在我老去时一定会变成一个个色彩斑斓的画卷，背叛也好，疼痛也好，生离也好，死别也好，都不过是那幅画卷里不同色彩的一笔，这十年里我可能不敢想起他们，可也许再过十年，我再想起他们时，会露出微笑，会细细地回味那被我封存的点点滴滴。

第一章

人面桃花相映红

那年那月那天，

我们相遇，

友情如花，

绽放在我们的脸上、心中，

并深深印刻在我们的脑海里，

任时光荏苒，

那画面依然清晰如初。

千百万个夏天

里则林

"云海天涯两杳茫。何日功成名遂了，还乡，醉笑陪公三万场。不用诉离觞。"

千百万个人，千百万个夏天，一起告别，一起向前。

当所有师姐都已成往事，而师妹仍不谙世事时，就到了毕业季。毕业是千百万个人，千百万个夏天的故事，千百万个不同的夏天，相同的只是告别。

我从第一天上学就在等毕业，虽然这么说比较消极，显得很没有正能量，但我确实用十几个夏天在等一个终于能告别的夏天，告别考试、不断推着眼镜的老师、沉默不语的教学楼和围着铁栏的校门，告别枯燥烦闷的学生时代。

以前想象这天的时候，我觉得我会激动到裸奔三十里路。后来，一年又一年，一次又一次的告别让我觉得，告别并非一件能激动到令人裸奔三十里的事情。

小学毕业那年，我还不知道毕业是个什么东西，应该用什么表情、什么语言、什么装扮来毕业。初中时才明白，原来毕业以后，很多人都会变得陌生。有些乖巧的变成了小混混；有些调皮的开始戴上眼镜一本正经；有些朴素的变成了非主流少年。初中毕业时，知道毕业以后大家会变，只是不知道有些人跟你说一句再见，然后从此你就再也没见过；有些人你以为无话不说，再见面却已经只能尴尬地笑笑。

高中毕业那年，知道了人会变，会难以再相见，再相见可能已经无言，只是又没料到，大家从此天各一方，能相隔那么远，远到再也难有共同的见闻。

现在大学都快毕业了。那天拍毕业照的时候，下着大雨，我觉得时间过得很快，拍照的地方是刚刚开学时军训的地方。军训那天，我不肯戴帽子，因为我觉得我有女朋友，戴个绿帽不合适。

这些恍如昨日的记忆，不知不觉就永远成了记忆。来大学报到那天，也下着大雨。我从车上下来，一脚踏在了水坑里，然后撑开一把巨大的雨伞，跟着一位因为我不是师妹而非常冷漠的师兄去学部报到。作为一个非常有原则的师弟，发现竟然不是师姐，我也变得很冷漠，两个人就在风雨飘摇中相对无言。

关于大学，分享三件事。

第一是大学第一次班会的时候，每个人都要上去自我介绍。当时我脑海中闪过所有关于站上讲台的记忆，都是检讨和向老师道歉。这次我竟然没有犯错就能上台，我说了一大堆清新温暖友好的话，却不能掩饰我的紧张。

我属于在熟人面前不要脸到没有脸，但是在陌生人面前却不发一言，别人稍微热情点我就脸红的类型。加上从小不乖，能厚着脸皮上台检讨，但大家抱着一个正常看待你的心态时，我却不知所措了。后来我觉得，这只是因为太在乎别人的目光，所以后来就去参加了辩论赛。我记得一个舍友在比赛那天给我发短信告诉我说，我们都觉得你行，别紧张。其实那天我挺感动的，虽然一直没有告诉过他。后来赢了，还得了一个最佳辩手，之后又有好几场系赛都拿了最佳辩手。一个女生跟我说，真羡慕你，你好像永远不会紧张。其实没有人能真正做到不紧张，能做到的只是，他能专注到忽略掉别人的目光。

所以，不要在别人的目光里沦为一个渣渣。你可以知道别人在看着你，你也可以知道当你发挥不好的时候，别人会嘲笑你。但也正是因为知道这一点，你就会去全力以赴，你就会专注做好你要做的。当一个人专注的时候，就不会有精力去想那么多了。

现在回想起来，我觉得如果你是个非常害羞的人，其实也没关系，因为性格并没有优劣之分，只是所胜任的场合不一样而已。

去找一个适合自己的舞台胜过全力以赴去融入一个不适合自己的地方，不要强迫自己去做别人。

第二件是我和一些朋友做了一个电台。以前有人问我是怎么进小时光电台的，其实这电台最早是我和一个好朋友一起弄的，后来又进来一些人，到今天有一点听众，所有点击率加起来破千万，分享也破百万了，这些都是我当初没有想过的。所以我觉得很多东西，有兴趣就去做，不要考虑太多，也不要抱着一颗功利的心。当时我只是觉得好玩，还可以让大家快乐，就去了。直到今天，我也没觉得它必须怎样。只是如今的小时光，和两年前的小时光相比已经进步了很多。这其中的收获，是一种坚持，坚持下来就有意想不到的成长，人不正是如此。还明白了，也许很多时候，无心插柳，柳说不定会成荫。

第三件事，是我做得最多的——写东西。记得大一的时候，我和一个叫阿彬的好朋友在大冬天坐在外面吃饭，寒风吹又吹，我全身抖动着告诉他，我以后会出书，成为一个作家。他看着我，笑了。

上个月，有个出版社的编辑说想出版我的作品，然后还和一家代理公司签约了。最后会怎么样不确定，但至少我已经很接近了。其实中间我也想过，坚持了那么久也没见半点结果，不如就当作一个年少无知的玩笑算了。于是我就真的算了，开头我想当作家，后来只是想给自己留个为数不多的兴趣爱好，却没有想过要放弃写作。也正是那之后，写的一篇文章被一个不认识的人转发到了一个没听过的地方，然后被那个出版社的编辑看到。所以，你虽然不能主宰生活下一刻发生些什么，但是你可以选择这一刻你是否继续去做。

我没有令人艳羡的大学经历，只有印象比较深刻的这三件事。

最后比较重要的收获是，人的态度很重要。就拿挂不挂科来说，基本看你的态度。我觉得这也是符合常理的，大学里不再会特别看重你做试卷多厉害，但是会看重你对待学业的态度，以后进入社会，一个对自己负责的态度，比什么都重要。你总是逃课的话，就会像我一样，动不动就五十八九分，然后清考十一科，还时不时要去求老师让你考试。

而关于那些师姐师妹的故事，因为我有一个天蝎座女朋友，360度全面监控，所以我的大学生活里只有师兄和师弟。

记得今年3月份的时候，我当司机，帮我妈送一个安装设备的人去买东西。他坐在副驾驶问我："出来工作几年了。"我说才大三，马上大四出来实习了。

他一脸羡慕地看着我，跟我说大学好啊。我有点身在福中不知福地回了一句"是吗"，然后他告诉我，他以前也觉得大学无聊，想快点毕业，现在每天醒来，都希望睁开眼，自己还在宿舍。出来了，才知道什么叫忧愁，特别是如果做了一份自己不喜欢的工作，感觉每天都很漫长。后来仔细想想，其实我们每个人都一样，一边憧憬未来，一边怀念过去，然后对现在感到无趣。

也许真的只有给你一次回到过去的机会，你才会发现，那些记忆之所以美好，只是因为回不去而已；当今天变成昨天，你同样会怀念。

成长的过程里，告别成了我们最难的一门课。在幼儿园里告别尿裤子，在小学里告别单纯稚嫩无忧无虑，在初中里告别逆反的青春，在高中里告别那些不变的同桌和深情，在大学里告别不谙世事。若干年后，回过头去看，才能清楚地知道，你一路走来告别了多少东西。告别就是一种成长。

在人生最后一次集体的离愁里，我们能做的，就是一步一步地往前走。

以前我天天想着重庆的兄弟们，觉得全世界的朋友都没有他们好，导致伤害了很多高中时对我推心置腹的朋友。我那时内心里并没有真正把他们当作朋友，如今想起来非常内疚。

沉浸在昨天，只会让我们伤害今天的人和事。过去的时光是让我们放在心里的，而不是用来浸泡自己让自己无法呼吸到当下的。那些告别的日子和人，哪怕旧时光一往无前，我依然会和你们相逢一笑，一起细数曾经。我想这就是最好的情感了。

千百万个夏天，千百万个人，怀揣一样的愁绪，一起告别，一起向前。

只愿从此天高任鸟飞，海阔凭鱼跃。

我偏爱写诗的荒谬，胜于不写诗的荒谬

猫语猫寻

> 就算那属于青春的诗的情怀再也不可能回来，我也不会后悔，就像L曾说过的那样：只有独立且向往自由的人才能真正读懂诗歌。

我最喜欢的辛波斯卡的一首诗《种种可能》里有几句被我拿来放了在"个人简介"里，其中有一句深深地触动了我："我偏爱写诗的荒谬，胜于不写诗的荒谬。"去年在一篇转载中第一次读到这一句时，无比强烈的认同感将我围绕，我几乎就要热泪盈眶了，为我曾经对诗歌狂热的爱，为我那曾经几乎快要幻灭的与诗有关的理想和情怀，为我这么多年来与诗无关的荒谬。

我是上初中的时候开始读诗的，当时很火的舒婷的《致橡树》几乎是我对爱情认知的启蒙作品，我偷偷买的第一本诗集就是人民文学出版社1994年版的《舒婷的诗》。因为妈妈不允许我看课外书，买这本书的钱是我从我家商店的抽屉里"拿"

的，后来也不敢光明正大地拿出来看，便把书放在学校，每天课间的时候，把诗集里的诗一首一首地抄写在笔记本里，晚上学习累了的时候默默地读一首，除了诗歌本身带给我的感动之外，我总会收获一种奇特的满足感，这样的满足感让我欲罢不能。其实那时候我应该是读不懂诗歌的，从我把《悼》这首诗的最后两句：

"诗因你崇高的生命而不朽，
生命因你不朽的诗而伟大"

摘写在那时的日记本扉页就可以看出，我当时的理解力并不能完全地读懂诗歌，只是着迷于那样的表达方式，沉浸在"文字原来可以这样用"的新奇感中。

后来，我上了寄宿学校，学校里有了图书馆，我也可以省下一些生活费去买自己喜欢的诗集了。我读了顾城、海子、北岛、食指、席慕容……我似懂非懂地阅读着他们的诗，当时觉得只有像他们那样生于20世纪60年代长在70年代的人才写得出诗，才具备写诗的精神和阅历，他们可以呐喊、可以抒情、可以歌颂、可以缅怀，他们的所有感情都那么悠长感人又自然而然。我骄傲地背诵他们的诗，并背诵给我的同学听。后来，在我的影响下，有几个同学开始和我一起背诵一些诗，我们在晚自习下课的路上，一起背诵着：

"……

朋友，坚定地相信未来吧，

相信不屈不挠的努力，

相信战胜死亡的年轻，

相信未来，热爱生命。"（食指《相信未来》）

"请不要相信我的美丽

也不要相信我的爱情

在涂满了油彩的面容之下

我有的是颗戏子的心

……"（席慕容《戏子》）

"卑鄙是卑鄙者的通行证，

高尚是高尚者的墓志铭，

看吧，在那镀金的天空中，

飘满了死者弯曲的倒影。

……"（北岛《回答》）

……

　　当时的我们就像不会中文的外国人唱中文歌一样吟诵着它们，但尽管如此，每当回想时，我都会被那样的场景感动，那不顾周围眼神的骄傲的我，那因为有同伴而无比快乐的我，那因为诗而不一样的青春……这每一个画面都有着我倾尽一生都书写不尽的光芒。

    正是因为我和我的同学不羁的朗诵，学校的文学社向我发出了橄榄枝，我开始参与校刊的编辑工作，也因此认识了L，她总是一副男生打扮，曾在很多报纸杂志上发表过诗歌，她的诗很大气，可她却很内向不爱说话。她负责教我校刊的一些工作，可我们的第一次见面，完全没有聊到过工作。她一句"听说你很喜欢诗……"的开场白，几乎让我们立刻成为了朋友。我告诉她我对一些诗歌的理解，她推荐我一些新的诗人和诗集，我给她看我的诗摘，她给我看她写的诗。因为那时她还有一个学期就毕业了，我们都觉得相见恨晚。我从来没有遇到过真正喜欢诗的朋友，而她亦然。她建议我试着写诗，她说："**诗是情绪与思想最深沉也最直观的表达，就把自己所想到的景象尽量优美地展现出来，喜欢诗的人自然会懂。**"我猜我当时的眼中一定闪烁着异样的光彩，因为这是我从来不敢想象的事情，她为我推开了一扇与诗有关的梦想之门。

    我和她经常在图书馆遇到，她总会先做噤声的手势，我便默契地和她坐在一起安静地看书。有好几次看了很久，她突然抬起头小声地问我说：你不去上课啊？我才意识到已经到了下午上课的时间了，她是毕业生，在忙着准备实习和一些论文，而我还是新生。我每次慌慌张张地收拾书准备跑去教室时，她都会伸手把我手里的书夺走，还会说："迟到了还带本书，不怕老师没收啊？"然后在我第二节课开始的时候，总会看到摆在我桌子上的被她"夺"去的书。

我们无数次地在文学社里长谈，本来说好的工作，会因为我们的聊天而一拖再拖，我们好似有聊不完的与诗歌有关的话题，我们交流最近看过的诗，我第一次问她我不懂的句子时，她给我看了顾城的《解释》——

有人要诗人解释
他那不幸的诗

诗人回答：

你可以到广交会去
那里所有的产品
都配有解说员。

她说诗更像是一种感觉，能够言说出来的只是很小的一部分，想要读懂它，不如放下用理性去解释的欲望，用心去感受它。我这才发现，她总是推荐诗人和诗集给我，却鲜少告诉我她的感受。

对我来说，L是我的朋友、知己，也是我的老师，她推荐泰戈尔、雪莱、拜伦给我，还借给我她从学校阅览室低价回收的之前几年的《诗刊》。平时她看起来很沉默，但和我聊起诗歌，她就好似变了个人似的，滔滔不绝，我一度觉得她是一个诗歌的宝库，里面有着源源不断的宝物等待挖掘。

与此同时，我的诗歌写作也进行得非常顺利，我会在草稿纸上写诗，再用一个笔记本认真地整理它们。终于有一天，我鼓足了勇气把我写诗的笔记本递给了L，她在我面前翻开它，我好似一个就要拿到成绩单的小学生。她说要拿回去仔细看看，还夸奖我说有几首写得很棒。不久后，学校举办了一场诗歌朗诵比赛，我和L都有参加，也只有我们俩朗诵的是自己写的诗，我和她都拿了奖，她来祝贺我的时候，把我写诗的笔记本还给了我，还说下个月会有一个惊喜送给我。她说接下来她要准备她的实习，可能没有那么多时间见面了。我万万没想到这竟然是我们最后一次见面。

朗诵比赛结束后，是那个学期的校刊纪念版组稿的日子，我作为副社长，因为校刊的组稿疯忙了一阵子，三年级生要走了，我也忙着在我们这一届拉拢一些对文学感兴趣的同学。直到有一天，我听社里的人说三年级师哥师姐准备走了，我才恍然大悟，我还没有和L好好告别呢！我在校园里四处找她，去她的教室，去图书馆，去校门口的食堂和咖啡厅，我突然发现，我们从来没有一起吃过一顿饭，甚至除了和诗歌有关的谈话之外，竟然几乎没有任何其他的交流。我一阵的失落，突然意识到自己就这样失去了一个重要的朋友，甚至连她的联系方式都没有留下。

我回到教室，想要写些东西来冲淡我内心的失落，翻开我写诗的笔记本，在笔记本的最后一页，我看到了下面的话：

> 是一场风暴、一盏灯
> 把我们联系在一起
> 是一场风暴、另一盏灯
> 使我们再分东西
> 不怕天涯海角
> 岂在朝朝夕夕
> 你在我的航程上
> 我在你的视线里。

舒婷《双桅船》是你一直喜欢的诗。虽然她写的可能不是友谊，但我的梦想和我都希望有一天能再次出现在你的视线里，而你也能与我的航程平行。加油，我的小诗人，还记得我说的吗？君子之交淡如水。我们虽然几乎没有任何生活里的交集，但我们的友谊却是我整个学校生涯里最精彩的部分。也许我会再写信给你，也许不会。

我将你的一些诗寄给了一个文学杂志，就是我们一直喜欢的那一家，下一期要记得看哦！这就是我给你的惊喜。

我生来不喜欢告别，觉得这是一个很不好的预兆，所以这个留言就当是我的告别吧！

L

我愣怔地坐在教室里，心和教室一样的空荡。

一个月后，我的七首诗用"××的诗"的形式登在了那本杂志上，我收到了五本赠刊和并不很多的稿费，班里的同学都很兴奋，他们说这是第一次看到认识的人的名字被登在杂志上。可是我却高兴不起来，如果冥冥之中真的有得必有失，那么这样的所得，就是用我失去友谊的代价换来的。同学们兴致勃勃地说要一起去庆祝的时候，我却扫兴地一个人走出了校园。L曾对我说市里的图书馆更大，里面有很多的诗集，我没有坐车，从位于郊区的学校，走了近十公里的路程到了那个图书馆，到的时候天已经黑了，图书馆已经关门了，我面对图书馆紧闭的大门，哭出声来。

一个人的成长可以因为很多事情，可以因为爱和友谊，也可以因为挫折和背叛，还可以因为分别。

毕业的时候，大家都很难过，虽然憧憬着未知的明天，但对渐行渐远的昨天也满怀不舍。同学们说好不哭，但眼中又都盈着泪。好多同学开始唱歌。轮到我，大家让我背诗。

我背了泰戈尔的《假如今生无缘遇到你》——

假如我今生无缘遇到你，
就让我永远感到恨不相逢——
让我念念不忘，
让我在醒时梦中都带着这悲哀的苦痛。

当我的日子在世界的闹市中度过，
我的双手捧着每日的赢利时，
让我永远觉得我是一无所获——
让我念念不忘，
让我在醒时梦中都带着这悲哀的苦痛。
当我坐在路边疲乏喘息，
当我在尘土中铺设卧具，
让我永远记着前面还有悠悠的长路——
让我念念不忘，
让我在醒时梦中都带着这悲哀的苦痛。

当我的屋子装饰好了、箫笛吹起、
欢笑声喧的时候，

让我永远觉得我还没有请你光临——
让我念念不忘，
让我在醒时梦中都带着这悲哀的苦痛。

　　这是我那段时间正在读的泰戈尔的诗集里的一首，我默默地把它背下来，那些写着爱情的句子，却让当时从未恋爱过的我感动不已，因为离别在即，而L在"我也许会给你写信，也许不会"中选择了后者，两年来我没有收到她的只言片语。看到这首诗的时候，我特别想念她。毕业临近，我感觉我世界里所有的友谊好似就要被毕业掏空了似的。我想起L说过的：诗是人情感最直观的表达，而人的情感却又都是互通的。我想这首缅怀爱情的诗也许可以同时用来缅怀即将和已经远去的友谊。

　　我背完诗，好多同学都哭了，我擦了擦眼睛，举起了酒杯说：为我们的念念不忘干杯！当时的我没有想到，这竟然是我迄今为止的人生中，最后一次公开地朗诵诗歌。这首诗的名字像是一个预兆：假如今生无缘遇到你——我最爱的诗歌。

　　毕业之后的艰难随着同学们陆续的分别扑面而来，我毕业前找的工作落了空，便听家人的建议回家等候分配，为了尽快拿到分配指标，我无偿地帮镇政府和中小学排演要参加比赛的舞蹈和其他节目。因为工作很多，我经常不能按时吃饭，本来就有胃病的我胃疼的频率越发频繁了，我在未经妈妈允许下买了些胃药，因为这件事，妈妈发了很大的脾气，她抢过我手中的那个写满诗的笔记本，狠狠地撕成了碎片，还说了一些数落我的话，但我一句都记不起来了。

那是我当时的记忆中经历过的最痛苦的一天，那飞扬在空中的碎片，让从来没有在妈妈面前哭过的我，哭得特别伤心，这比她出手打我还要疼的痛苦让我的哭泣里满是愤怒，我至今仍然记得我买药花掉的金额——16.8元，我也永远记得我因为16.8元丢失了我人生中写的第一本也是唯一一本诗集。我没有去拼接我的诗，只是将碎纸扫成一堆，点燃了，火很快就熄灭了，我默默地许下誓言：我再也不要花家里的钱，我要独立。今天回想起来，也许是从那一刻起，我那与诗有关的青春便完完全全地结束了，也许我仍然会读诗，但我可能再也无法写下任何一句可以被称为"诗"的东西，现实像一只巨兽随着那堆小小火焰的熄灭，开始一点一点将我吞噬。

第二天一早，我拖着不大的行李箱，一个人默默地离开了家。我回头看了看被我关上的家门，我突然想到L写在我笔记本里的句子，她说她生来不喜欢告别，觉得这是一个很不好的预兆。我没有告别，但我却很清楚，那满是坎坷的人生正在向我招手，而且前方没有诗歌。我将要遇到的一切都和钱很近，离诗很远，但我必须上路，因为只有这样，我才有可能在那未知的明天，再次牵到梦想的衣角。就算那属于青春的诗的情怀再也不可能回来，我也不会后悔，就像L曾说过的那样：只有独立且向往自由的人才能真正读懂诗歌。

　　这么多年过去了，我偶尔还是会写诗，身边也会有经常阅读的诗集，我离开了家乡在外漂泊，我努力工作养家，有人问过我：那么拼命是想赚下一座金山吗？我想了想说：除了家里真的很穷，需要钱之外，我希望能够快一点到达"不为金钱，而是为梦想努力"的那一天。我曾向校友打听过L的消息，但连她的同班同学都没有她的消息。可我深信，她一定也在某个地方，为了像个诗人一样的独立和自由，为了能够成为一个真正的诗人而努力着。我希望自己能够早一点出现在她的视线里，能够早一点与她平行在我们梦想的航程上。如果再见面，我会背诵辛波斯卡的《种种可能》给她听，我甚至能够想象自己大声而自豪地朗读"我偏爱写诗的荒谬，胜于不写诗的荒谬"时那热泪盈眶的样子。

一个宿舍的北京

羊乃书

第一个人哭了，第二个人哭了，第三个人哭了，在盛
大的集体死亡之中，所有人都获得了一种难以言说的释放排
解。如若没有纷争，没有冲突，没有针尖对麦芒的战火，不
过都是二十三四的姑娘，嬉笑打闹，向往温暖和保护。路走
到尽头，反倒有了转向的生机。

2012年秋，我到了北京。

整个城市在干燥和PM2.5中，忍受着终日不停的风沙肆
虐。9月以来，我每月都病一场，感冒发烧，上吐下泻，挨着个
来一遍。直到冬天来临，气温跌到零下，病菌都被冻傻了，我
才从病快快的状态里缓过来。

好在颐和园路5号的校园里，每个年轻人都有着一张沸腾的
脸。我们在宿舍背着宿管阿姨，用电磁炉煮方便面，就着二锅
头。那年，《舌尖上的中国》一下子就成了中国美食的活招牌。

腊月的北京，学子们的生活清淡贫寒，整整一天高强度的
埋头苦读，让他们急需能量的补给。方便面，是飞速发展的食
品工业给现代人的馈赠，筋道的面条，鲜美的汤汁，能为他们
带来学术的灵感，以及对万物更丰沛的认知。

喝着喝着喝大了，就爬上床去卧着，看着眼前这个混沌的
世界。

朵儿在我对面弹吉他，她的袜子破了一个洞，周而复始弹着
同一首曲子，那是她唯一会弹的，《月亮代表我的心》。周舟和梓
婷在聊她们的偶像，小太阳钟汉良，我很快忘了方便面是什么口
味，在暖气能一夜之间让蔬果干枯脱水的房间里睡过去。睡前，我
的思绪停留在对三串西门烤翅和还有一块奶酪蛋糕的幻想中。

那时研一，课表很满，食堂的伙食很一般，但我们过得并
不坏。

也许对这个学校里的人来说，给自己施压是家常便饭，过
上一天浑浑噩噩的日子，有种掩耳盗铃的愉悦。

但我们之间的关系，并不似此刻祥和，盘底的裂痕已经生
成，只是还不确定，那岌岌可危的纹路要走向哪里。

梓婷精于世故，说话滴水不漏，热衷于打探我们每个人的日程，却又对自己的一切保持缄默。一个人把自己封得那么牢，一谈及自己就竖起一道拒人千里的屏障，却又同时怀有窥视别人生活的极大热忱，多少让人觉得很不自在。

为了在学生部门里混得个一官半职，梓婷的应酬日渐增多，夜里回来得晚，洗漱时发出嘈杂的声响。我跟周舟睡眠浅，闭着眼睛在床上听完她的一整个过程，才能再次睡去。

忍无可忍，叮咛她下次动作轻一些。她便一副自己活该千刀万剐，对不起祖宗十八辈的忏悔态度，到了下回，仍旧我行我素。

偶尔，打包些剩饭剩菜回来，她嘴上说着有福同享，心里随时挂念着大家。但一打开饭盒的盖子，看着里面早已被破坏得卖相全无的菜，听着她硬要夸口，如何在众人的筷下为我们挡下美食，不顾旁人的眼光坚持打包，千辛万苦带回来，胃里就泛起一阵一阵的酸水。

梓婷还常常带回宿舍一些所谓的礼物，我们很好奇，为什么对方送的总是正中她的心意。

几次下来就知道，她总是在对她感兴趣的男生请客的时候，若无其事地提起自己最近需要什么，知趣的男生便会立马去买了送给她，即使是热水瓶、开水壶之类的小物件，她也绝不放过占别人便宜的机会。

不知道她心里藏了多少小心思，前一天告诉我们跟本科同学吃饭，第二天却在商场里尴尬地撞见跟某研究生会主席在一起。在网上花三十块钱买下某贵妇级品牌的假货，马上在社交网站发照片写评论，大肆吐槽原价多贵，性价比多低，瞎了钱。

每个人尽可以按自己的思路去演、去秀，但集体宿舍是公共空间，梓婷既把这里当私人电话亭，又当独家电影放映厅，半年才换洗一次床上用品，迫使我每天睡觉要喷三下香水才能盖住那股奇怪的臭气。

后来愈发夸张，宿舍里摆放的各种东西，稍不注意就有被人偷用过的痕迹，有次被我抓了现行，她也只是轻描淡写，权当什么都没发生过。

天气预报里说，今年的冬天，比往年来得更早一些。走在下风的街道上，可以嗅到空气中散播的凋敝绝望，那股烧焦的味道，无力的萧瑟感，从宇宙中心五道口，在中关村兜过一个大圈子，直直席卷到海淀桥北。

新年晚会，梓婷怂恿我们一起报名表演节目，又约略觉得会被我抢走风头，便趁我出去接电话的两分钟工夫，堂而皇之地以我太忙为借口，想要将我排挤出局。

周舟在场，面对她的这般行径，细思恐极，就跟我把这事儿彻底摊开了。

我跟周舟身上有一点很像，对事物的纯粹性有着偏执的向往，容不得饭粒里的石渣子，水果表面的压痕，镜子上的水渍，还有人与人之间的不真诚。

串联起梓婷以往的种种，对她的反感，就像火箭尾部炙热的火焰一样，烧得人理智尽失。

多天真，觉得自己简直就是正义的化身，要去拯救一群迷途的羔羊。

我跟周舟把其中的一个男生约出来吃饭。

他是追求梓婷的万千炮灰中，不起眼儿的一小粒，乐此不疲地鞍前马后。

我跟周舟举事实，摆道理，论据充足，一桌子菜几乎没空动筷子。男生耐着性子听完了我们罗列出来的种种，支支吾吾，扭扭捏捏。

我俩感觉很不妙。

战役全面失败的消息来得很快，一点儿没让我们煎熬等待。男生为了表示对梓婷的耿耿忠心，主动跟她通风报信，把我们席间所说的一五一十如数交代。

其实并不需要掩饰什么，句句真切，但被人倒打一耙的感觉却令我跟周舟一时间手足无措。那个男生竟也腹黑至极，当天把录音笔放在上衣口袋里，我们讲的每句话，每个字都被记录在案，板上钉钉，怎么也脱不了干系。

事情的发展不止于此，男生把消息扩散到了全班，说我跟周舟私下收买他，甚至连班主任那儿，也不忘乘胜追击打一发小报告。

他精心地把梓婷塑造成了无辜的受害者，我和周舟则是血口喷人、十恶不赦的反派角色，带着不容质疑的心理倾向，将我跟周舟推向了众矢之的。

奇葩年年有，今年尤其多。

除了硬碰硬，没有其他折中的路子可走了，一场撕逼大战，步步逼近。

大战前夜，我跟慢先生在北林附近吃日本料理。一整晚，我都没听进去他讲的大道理。

大家总开玩笑，北京一年刮两次风，一次刮半年，无孔不入，穿再多也觉得衣不蔽体。我们站在成府路上打车，被吹得蓬头垢面。天空下起了小雪，雪滴落在坚硬的水泥地面上，化作一摊温柔。

戴上皮手套，把围巾紧了紧，兜起羽绒服的帽子罩着头。

慢先生住得离学校不远，先绕路送我到学校。我们一路沉默，沉默地上车，沉默地打开沉默的窗户，沉默地叹一口气，沉默地给彼此一个战友的拥抱，沉默地告别。

凌晨4点，雪停了，我来到阳台上，空气清冽而刺骨，沾了水的拖把被冻住了，末端有漂亮的结晶。

住学生宿舍十二年了，说到十二年，自己都吓了一跳，我总共才活了二十四年。这是我住过最糟糕的集体宿舍，没有独立卫生间，整层楼只有一个公共的盥洗室和厕所，供一百六七十号人使用。洗澡得去澡堂，隔间半封闭，每个人都被迫回到原始社会，赤身裸体相见，毫无隐私可言。到了帝都最冷的时候，若是洗完头发不吹干，一路走回宿舍，就会被冻得硬邦邦的。

很少在这个时间还没入睡，索性打开门去楼道里转转。有的屋里还亮着灯，可能是在一起看电影，以前的室友常常这么干，半夜看鬼片，几个人一起就壮了胆，看完以后，天差不多蒙蒙亮，入睡便不再恐惧。我继续往前走，听见有人在楼梯间打电话。通常在这个时间还在煲电话粥的只有两种情况，热恋的情侣和正在闹矛盾的情侣。我希望她是前者，但显然不是，她厉声指责着什么，随后声音又低沉下去。当我走到拐角的时候，遇见两个聊天的姑娘，远远止步，不想打扰她们尽兴的交谈。

绝大多数人在安睡，对少数人而言，深夜就是这样一个宣泄情绪、放纵自我的出口，试图在无际的黑暗里消除压力、纷争、疑惑，以及困扰。

大家忐忑地约好对谈。

气氛从沉寂开始，然后第一个人开口，像一锤子敲在铜锣上，紧接着第二个人开了口，然后第三个人。

几乎是各自剥光了，扯下对方的面具，同归于尽，反正没有后路可退。

我跟周舟并未觉得冤枉她半分，还反被诬陷，义正词严，掷地有声，梓婷一度哑口无言。而她的静默哑忍只是短暂的蛰伏，劲头蓄足了，打响反击，来势汹汹，紧紧咬住我跟周舟的死穴不松口。

言语上，三个人蛮横疯狂地揪打在一起，一记后手直拳，向后仰倒的一方鹞子翻身，又呼啸着扑向对方，组合拳暴风骤雨似的落在身上，双方僵持，不相上下，眼看一方摇摇欲坠，又直直撑着，绝不倒下。

那一刻，每个人的面孔都陌生又脆弱，我们每天睡在同一个屋里，却并不熟悉对方。对彼此过去的不知情，导致我们握着误解当正解，差之毫厘，谬以千里。匮乏的沟通让原本早就可以摘除的毛刺，留在我们的体内，拔出来的时候，人人都感受到切肤之痛。

事情发展到这个地步，就算起始是善意，但也终归是选错了方式，上了歧路，谁都难逃罪责。

第一个人哭了，第二个人哭了，第三个人哭了，在盛大的集体死亡之中，所有人都获得了一种难以言说的释放排解。如若没有纷争，没有冲突，没有针尖对麦芒的战火，不过都是二十三四的姑娘，嬉笑打闹，向往温暖和保护。

路走到尽头，反倒有了转向的生机。

我还记得，开学的时候，梓婷是跟妈妈和外婆一起来的。

直到那天她才坦承，小学父母离婚后，她就搬到了外婆家，跟一个年过花甲的老人准时守在电视机前，用无聊的电视剧混过一个又一个夜晚。

虽然跟父母的关系都算融洽，但这种融洽，仅仅停留在提供生活费和聊几句闲天上。

他们从不关心她的生活、学业抑或感情，不在意她有没有给自己添两件新衣，考了多少分，谈没谈恋爱。他们只会问，钱够不够。

而梓婷是那么优秀，成绩总是班里数一数二，尽力把自己打扮得光鲜亮丽，好多男生喜欢她。但这些，仿佛通通跟她父母无关似的，她多想有人来在意，外婆爱她，却不懂她。

她想，也许是她取得的成就还不够大，不够引起他们足够的注意，于是胃口越来越大，目标越放越宽，逐渐变成了一个有野心的人。

可是，她没有关系，没有门路，没有靠山，没有目标，她唯一靠得住的，只有自己。

这个八面玲珑的姑娘，被人骗、被人伤、被人欺，才收起了那些浪漫、天真和轻盈，给自己套上虚伪的外衣。

她不想让自己受伤，于是学会了如何用几句漂亮的说辞给自己留得最大的余地，学会了如何让别人死心塌地为她好，学会了怎样更快地拿到她想要的东西。她也学会了更轻巧的抽身，不留一片云彩的离开，学会了让自己占得利益的最大份额。

她早就看透了，一样东西没实实在在地握在自己手里之前，都是不可靠的，不可信的。

我跟周舟很少体验到的状态，如履薄冰，孤立无援，却是梓婷每时每刻都在遭遇的。

她是父母离异最大的牺牲品，但没有人来为离婚带给她的后遗症——不安、自卑、猜疑埋单。

因为这种不幸，她以一种与我们不同的眼光去看人世。她业已接受世界的荒唐，意识到生活并不像我们钟爱的故事那样，善有善报，恶有恶报，蛇蝎之心可能比那个救它的农夫更大行其道。她把所有人和事都先预设为坏，因此戒备、提防，直到她搜集到足够多的证据去证明它的好。

而我跟周舟不一样，尽管我们知晓这一切，并一再地遭遇这一切，却还是对其怀有理想。凡事皆从好处开始想，然后在长久的观察中给予判断。

我们之间矛盾的深化，是在她还没舍得给予善的时候，我们的善已转化为了恶。

恶意与恶意是互相冲突的，它只能激发出更大的恶意，不会抵消，要化解掉恶，必须仰赖更大的善。

或许，路子可以不同，但对于他人身上，我们不能理解的部分，应当保持适度的礼貌与敬畏，毕竟，谁都无权评判谁。

而我们要如何汇聚心中的宽悯，以自己心底最好的部分为介质，让对方的黑暗走到光的下面，我跟周舟，道行尚浅。

第二年，我在荷兰，朵儿在美国，留下周舟和梓婷在北京。

那一整年，除了过年的时候，大家在微信群里发了几条祝福之外，跟梓婷再没有别的联系。听周舟说，她谈了一个男朋友，虽然长相甚至连普通都算不上，但家里有钱，待她也很好。男方家有一家高级酒店，她只需要再等几年，就能轻而易举、名正言顺地当上酒店高管。没有后台，她只能厝火积薪，凭自己的努力，让手中的筹码多一些。

　　婆婆常年住在国外，似乎待她也很好，每次回国都给她捎点穿的用的，她也毫不谦虚地晒在朋友圈里，平静地接受着大家的点赞。

　　她渴望完整，渴望被包围，渴望占有，渴望成功，要用力收获大量的爱，才能填补亲情一枪穿过，子弹留下的孔洞。

　　成长过程里，不同的体验烙下的情感印记，指引着我们终究走向迥异的道路。

　　从荷兰回国以前，朋友们危言耸听，会备好全套防毒服来机场接我，北京浓稠的雾霾一定会让我再享受一次学校的医保。

　　我做好最坏的心理准备降落在帝都，一口黄沙一口土，却安然无恙，一切都平顺地过渡了。

　　尽管有一个多月的时间，不习惯拥挤的交通，不习惯饭馆里太辣的菜，不习惯面包里各种添加剂的味道，但慢慢就好了。

　　原来适应能力是自我防卫，让我们变得宽厚，温和，息事宁人。

　　听起来似乎丢失了很多年轻的棱角，一点儿也不酷，但怎样才酷，一言难尽。

我又去了好多之前去过的地方，南锣鼓巷，什刹海，三里屯，望京，起初的那种大剂量的陌生和冲击感没有了，我像走在自己的王国里一般，万千子民臣服脚下，步子迈得那样从容。

偏见会被撼动，被矫正，而我们也会逐渐摆正自己的位置。

朵儿也回来了，四个人却很难聚在一起。

北京就是这么一个神奇的地方，很多人相识多年，难得一见。

周舟要申请出国念博士，延期一年毕业，每天跟我瞎掰形式主义、功能主义各种流派术语。朵儿和梓婷则加入了求职大军，变成任人挑拣、待价而沽的应届生。再加上梓婷搬到男友家，不再住宿舍，碰头的机会就更少了。

因为隔壁楼使用违章电器出了一次安全事故以后，宿管阿姨加大了查寝的频率和收缴违章电器的力度，电磁炉也就暂时结束了它光荣的使命，退隐江湖。

但我们决定给它最后一次华丽登场的机会。

朵儿垫了一张椅子，站上去，伸长了手把它从柜子深处拿出来。薄薄一层灰，她鼓起腮帮子一吹，扬了一脸。我们扑哧一声笑出来。

方便面还是大家熟悉的品牌，最爱的口味，只是特意去市场多买了些别的肉跟菜，丢在调料包煮成的汤底里涮。三分面，七分汤，精华中的精华。

世事变迁飞快，改变着围绕这口锅的历史。

先喝一口面汤，再夹起一簇面条，吸溜进嘴里，面条刚从锅里捞出来，烫得人直哈气。时间里，一些味道消失了，一些味道被修改，还有新的味道加入进来，一些味道经得起时间的磨砺，保留了下来。

似乎不管跟谁，不管在哪儿，每次离别，大家都要喝酒，都要喝醉，才算完整的交代，才等于作文写完，画上最后一个句号；等于煮好牛肉面，撒上那把香菜；等于上完厕所出来，打开水龙头洗手。

二锅头真醉人，这串比喻，就是我带着醉意想出来的。

喝多了，说话都变得啰啰嗦嗦。

周舟上学晚，中间又因为生病休学耽搁了一年，比我们大两岁。她说，等念完博士就突破三十大关啦，哈哈哈，昂首加入大龄恨嫁女青年的行列啦，哈哈哈。

朵儿说，上天什么时候才能赐一个男朋友啊，未名湖都快干涸，长江都快见底，太平洋都小命不保了。

我说，爱真难啊，那么难，又那么简单。

梓婷说，她跟男朋友已经订了婚，婚期定在毕业后的第一个春天。

我们齐齐放下杯盘碗筷，向她身先士卒迈入婚姻围城表示祝贺和钦佩。

那晚，我们一直聊到清晨6点，发了一夜的牢骚，感叹鸿鹄之志，燕雀之命。意识的模糊，使得我忘记了大多的闲言碎语，但唯独记得梓婷说，平凡的人，是没有资格谈自由的，能找到一块自己可以坐下来舔伤口的地方，就是最好的栖息了。

"对，纵有万事还有这一锅面守着呢。"朵儿接着茬儿说。

这是我们毕业前，最后一次卧谈，想起来依然觉得美好，尽管大家各怀心事，且终将走向不同的天地。

努力地享受青春 然后勇敢地安于平淡

陈亚豪

看清生活的真相之后，继续热爱它。

愿我们都能如此。

一个人坐在动车上，这算是我第一次一个人旅行，没有想象中那么兴奋。我坐在靠窗的位置，欣赏着路上的风景。中途的时候上来一位大叔，西装革履，皮鞋锃亮，梳着个精神抖擞的小背头，戴着个和瓦片一样厚的镜片，看起来十分严谨，他在我身旁的空位坐下了。

一个人的旅行，本来想着能遇到个美女聊聊天，结果却和大叔邂逅了，我暗暗叹息。

我自顾自地看着窗外的风景，过了大概二十分钟，严谨的大叔先和我搭讪了："小伙子，你这耳朵一边一个耳洞，父母不说吗？"

"哈哈，这不还年轻嘛！"

"年轻就是好啊！"大叔感慨道。

"您也年轻过啊！"我们三言两语地聊了下去，也算是缓解下彼此旅途上的寂寞。

"这是出去玩吗，一个人？"

"也不能算一个人，到那边有个朋友接我，您呢？"

"我啊，去出差，为了生活奔波，机械运动，和你们这些年轻人比不了。"

我心里暗暗窃喜，什么都比不了年轻。

"但我也不羡慕你们，我年轻的时候可比你们疯狂得多。"

我心里咯噔了一下，真没看出来，大叔不落俗套，还有过疯狂的青春。

"我小的时候，一个人跑遍我们那边的整个大山，一个星期没回家，每天在山上吃野果，睡草窝里。你们现在那种什么支帐篷露营的玩法全是从我们那会儿进化过来的，没意思。后来和朋友做生意闯遍了半个中国，什么搭车去旅行啊、逃票啊、穷游啊，是我们那会每天的生活而已。唉，那时候还真想就这样过一辈子，多潇洒自在。"

"有点崇拜您了，您过去的生活是这个时代很多年轻人梦寐以求的。"

大叔笑了笑，"没什么可羡慕的，年轻时候再疯狂，最后还是要归于平淡。你看我现在，每天为了妻子和闺女，为了那点柴米油盐奔波，你可别把出差当成旅游，这是重复性的机械运动，索然无味。"

"您年轻时候这么疯狂，现在就受得了这种平淡的生活？"

"二十多岁的时候，和一个女人结婚，生子，养家，为自己的家庭负责，为妻子和孩子努力，孝敬好父母，日复一日地生活。你可以站起来问问这个车厢的人，有多少人不是过着这样的生活？"大叔微笑地看着我。

"是啊，能有几个人不是如此生活的呢。"我附和道。

大叔有一点黯然神伤，也许是在怀念曾经疯狂的青春，也许是在叹息自己后来的人生不够精彩。

　　总之，这个表情只在他脸上停留了两秒钟，但还是被我捕捉到了。

　　"现在的年轻人太过追求新鲜刺激的人生了，天天想着怎么和别人不一样。希望你以后能有勇气去安于平淡，能安于平淡就是最大的不一样。"

　　看到过一篇文章，文章里批判现在的很多年轻人一个人去西藏，一个人骑车去旅行，总是梦想着环游世界。这些年轻人中有部分人并没有条件做这些事却仍要坚持，不顾自己的安危和父母的担心，这是不成熟和不懂担当的表现。只是一味地追风，在同龄人中标榜着自己的勇敢和不同。

　　越来越多的年轻人爱上旅行，背包客、穷游、搭车、骑车旅行，我们在不停地发明着更加新鲜刺激的旅行方式。虽然旅行对很多人来说是为了在路上找到自己的梦想，在陌生的地方找到真实的自己，但并不是所有人都是为了旅行而旅行。

　　我们总是习惯极力地把自己的一段旅行勾画得足够刺激，把路边的风景描绘得如何美丽至极，晒着最美的照片，写着最惊心动魄的故事。我们嘴上说着想和大家分享经验和快乐，可其实很多人内心想要的是那两句旁人的羡慕和赞美，听别人夸两句勇敢和执着，满足一下那小小的虚荣心。

　　归根结底，是这个时代的太多人没有勇气安于平淡，不甘承认自己的生活平凡。我们穿和别人不一样的衣服，看和别人不同的书，喜欢和别人不同的事物，去别人没去过的地方。我们努力让自己的人生和别人不一样，每当我们谈起未来时，描绘出的是一个比一个精彩的蓝图，每一个人的未来看起来都是那么地高潮迭起。

　　不记得从什么时候开始，我们总是会羡慕别人那跌宕起伏、扑朔迷离的人生，甚至会羞于提及自己平淡安逸的生活。还记得之前和一位年长的朋友一起吃饭，他淡淡地说了一句："现在我和身边哥们坐在一起吃饭，没有人再畅想未来，我们聊的都是哪个牌子的奶粉更好，哪个地段的房子环境好还不贵。"

　　无论年轻时候的我们多么疯狂，最后还是要归入平淡的长河中。大叔说得对："希望你以后能有勇气去安于平淡，能安于平淡就是最大的不一样。"

　　谁都可以陶醉于旅途的风景，但不是每个人都能积极面对惨淡的生活。无论是一个人骑车去西藏，还是一个人背包环游世界，这些勇敢都抵不上安于平淡的勇气。

　　罗曼·罗兰说过：世上只有一种英雄主义，就是在认清生活真相之后依然热爱生活。

　　我们在青春里是多么地骄横跋扈、不可一世，我们曾经又是多么地倔强，不甘平凡。我们给自己设想的未来一个比一个精彩，每当我们在谈论到未来这个话题时，无不两眼放光，意义风发。

　　可我们谁也不曾在寂静的晚上一个人躺在床上想过，也许过不了几年，二十多岁，和一个爱的人结婚生子，然后一辈子庸庸碌碌，柴米油盐。为了每个月能多赚点钱绞尽脑汁，每晚为了孩子的奶粉钱和上学钱而辗转反侧，一边搂着爱人重复着不知说了多少遍的旧情话，一边像闹钟一样定期不忘地去问候父母。每天回家告诉亲爱的，等赚了更多的钱有时间了一定带你出去走一圈，一边告诉自己明年一定要换个更好的车，可生活仍然如此机械地日复一日着。

　　几年以后虽然有了更多的钱，可还是没有能和爱人出去走一圈，依然没有舍得换那辆自己早已在心中试驾多年的车。这就是我们大多数人日后要面临的生活，可现在的我们也许连想象的勇气都没有。

　　我们就是如此地贪恋高潮，渴望刺激，嫌弃自己的平庸，厌恶生活的琐碎。我们有勇气去冒险，却始终没有勇气去接受平凡。

细想我们这一生，努力多年后不见成果，却在一次偶然获得了成功，以为不会爱你的人最后突然爱上了你，曾经相恨的朋友一笑泯恩仇，一两次难忘的旅行，洞房花烛夜，成为爹妈的那一天。

除去这些高潮外，人生更多的是在平淡中流逝，平淡到有一天你会去数每天上班要走多少步的路，这就是生活的真相。

我们出国留学，梦想周游各国，我们绞尽脑汁自主创业，标新立异，我们怀着和别人不同的梦想，我们想踏上一片陌生的土地开始一段新鲜的生活，我们想用自己的双手创造出一段传奇人生，我们总是不停地去梦想那些遥远的梦想，努力地过一段和别人不同的人生，却逃避着现实的平淡，躲避着生活的责任。

小时候读过一遍塞万提斯的《堂吉诃德》，那时对于一个少年来说或许深奥了一点，经历了一些事情后，慢慢爱上了堂吉诃德，他说："我们要去梦想那不可能之梦想。"曾经多少次被这句话所感动。

可当如今再翻开这本书时，突然醒悟，一个人一生竟能为了梦想如此疯狂，潇洒地放下所有责任和爱的人，这是多么幼稚的行为。

　　作者并不是在歌颂他，而是在反讽的批判。他并不是勇士，他只是一生都在逃避现实和责任的懦夫。真正的勇士，一定敢于直面自己惨淡的人生。

　　而现在的我们很多时候就是这样，躲在一个叫作梦想的避风港，逃避着所有关于现实和生活的风雨，梦想成为了我们逃离一切责任和现实最好的借口。

　　每个人年轻的时候、青涩的岁月里，都会有不羁的想法、天马行空的幻想。

　　可是当我们三十多岁的时候，而立之年悄悄过去，生活就像一把无情的刻刀，改变了我们的模样。

　　多年以后，当年那个球场上叱咤风云、梦想着进入国家队的篮球少年进了一家不大不小的公司；当年那个抱着吉他闯天下、一生要和音乐相伴的少年当了一名小学的音乐老师；曾经那个不羁一切、舞技高超、想要跳一辈子街舞的少年考入了公务员，每日喝茶看报。

　　岁月是无情的，生活是残忍的，可是我们必须接受，必须去勇敢地面对。无论多年后，我们的生活有多么惨淡无味，只要我们敢于面对，便是真正的英雄，铁打的勇士。

青春太过美好，所以稍纵即逝。一觉醒来看看镜子里的自己，它已经悄悄离去。趁我们还在青春里，去奋不顾身地爱一个人，去感受一次说走就走的旅行，去做你想做的事，去见你想见的人。趁我们还在二十多岁的年华里，去多做一些八十岁时自己想起来脸上还会不禁漾起微笑的事情；趁我们还在青春的尾巴里，去努力享受这短暂的青春。

当青春逝去，当我们坐在一起不能再像曾经豪言壮志畅饮到天明时，当我们开始谈论哪个牌子的奶粉更好而不是再勾画未来的宏图时，请勇敢地接受这份平淡。

无论未来怎样，我们都不必抱怨我们的人生。有的人一生精彩不断，但更多人的一生都是充满了平平常常的小事。

假如我们没有惊天动地的大事情可以做，那么就做一个平淡的小人物，给一个可爱的小孩做父母，给一对慈祥的老人做孝顺的子女，给你的另一半一个简单幸福的人生，这一样是丰满的一生。

努力地享受青春，然后勇敢地安于平淡。

一花一世界，一叶一菩提。如果没时间去让人心旷神怡的地方，那就做一个用心生活的人，去发现身边那些平凡而细小的美，这远比一个只能被世间美景打动的人要容易幸福得多。

看清生活的真相之后，继续热爱它。

愿我们都能如此。

致我循规蹈矩的青春

猫语猫寻

　　致青春里的青春，光彩夺目、绚丽缤纷，就算悲伤了些、痛苦了些，却精彩张扬，令人神往。而我的青春可能就在他的旁边不远处，只是我在旁边张望，不愿留下什么痕迹。

　　看了《致我们终将逝去的青春》之后，我一直有一种不适感。

　　影院里哭泣声此起彼伏，电影结束坐在位置上看字幕的人史无前例地多，都坐着摆出一副很有深度的看字幕的样子，其实是在暗自把眼角未干的眼泪擦掉。

　　我看看周围，惊讶不已。转头看看和我一起看电影的小盒已然是泪流满面，擦不干净。我慌忙递上纸巾，也慌忙收起自己惊讶的表情。

　　当时我不由地问自己：是我没有过青春呢？还是我太过冷漠呢？

没有答案。我自己也说不清楚。于是我开始像翻阅一本旧书一样的去翻阅自己的青春。如果我真的有的话，我应该翻得到吧？

我喜欢大学，可是我没有上过大学，我毕业于一家地区级的中等师范学校，那是一所管得和高中一样严，却用大学的方式进行教育的教育未来老师的学校。按照学校的教育目标，现在的我应该是一名初中音乐老师。

学校不大，现在数一数当时的学校只有7幢楼，男女生宿舍各一幢、行政楼、大礼堂、教学楼、办公楼和教师住宅楼。和学校一墙之隔的是一个全市最大的垃圾场。有的时候有的老师被我们气到一个程度，就会说：你们，你们就和墙那边的垃圾没什么区别，一群垃圾，垃圾！

当然能把老师气成这样的班级估计全校也只有我们班了。因为学校是整个地区最有名的一所师范学校，招的都是各县市比较拔尖儿的学生，而我们是一群异类。

我们班是一群有某方面专长的的学生，比如：唱歌、跳舞、乐器或者调皮捣蛋。因为在我们考进学校之前的面试内容里，除了唱歌、跳舞和乐器之外还包括一项自由表演。

第一年，我们被安排在以往的音乐班所在的位置，即教学楼的4楼，可是我们只在那里待了一个学期，就因为投诉太多，而被"驱逐出境"，被安排在了全校最老的行政楼里上课。因为我们实在太吵了，我们也是后来才知道我们班原来是那么可恶，早自习的发声练习，可以震得整个教学楼都好似在晃动。

有一次，我们班上声乐课，唱的是《我的太阳》，隔壁现代教育班有个男生可能是会唱这首歌，竟然和我们一起唱了起来，被台上的学校有名的腹黑的数学老师直接拉入了黑名单，上学的三年，那门课基本没有通过过。

除了这些因为我们班的学习本质而决定的劣性之外，我们班还具备非常多的特别属性，比如强烈的煽动性。当时学习部在查晚自习纪律的时候采用的是：听、看、观察的战术，我们的反战术是找个人在门口放哨，只要听到楼道里的风吹草动，便立刻让散落在全班各处的同学各就各位。前一两个月竟然相安无事，我们班还拿过好多次的纪律红旗，结果这事儿被其他班知道，几乎所有的班都学会了这一招，这就出事儿了，学生管理处主任有一次巡查的时候，看到一个班在里面嘻嘻哈哈，大吵大闹，可第二天学习部公布的成绩倒没有大碍，于是就曝光了。

总之，我们班是一批古灵精怪，从来不听话、从来不正常的一批怪人。学校多收我们调琴费，我们会全体罢课，找校长谈判；老师对我们不公正待遇，我们会联明上书，直到那个老师再也不愿意踏进我们班一步。

我们班入校就没有乖过，班里男生被上一届体育班警告，我们班的二货们直接领导众新生，把上一届体育班的男生们打得鼻青脸肿，好久都抬不起头来。高我们一届的女生欺负我们班的女生，我们班全体女生一起把那个女生堵在她们宿舍一顿非常狂踹的警告。

我们不随便找事儿，我们找起事儿来却很随便。

按理说，在这样一个班里我的青春应该很精彩的吧。我的青春应该是这样的狂踹才对啊。可是我却有点恍惚，我竟然无法被《致青春》里那有些类似的青春所感动。是我遗忘了吗？还是我从那时候开始就已经和我现在一样的生活在别处，或者游离在生活之外了呢？

可是我着实身在其中啊，我为了让班里拿到流动红旗，被无间道了学习部里当卧底，最后一不小心还当上了学习部部长；

我上学的第一个生日是全班同学一起给我过的，那天的晚自习我回到班里，黑板上写着不那么漂亮的大字，祝我生日快乐，同学送了我好多小礼物，给我唱生日歌。那是我记忆里的第一个生日；

班里的同学有什么事都愿意和我说，他们觉得我看书多且不八卦，值得信赖；

同学、老师都不讨厌我，因为我当了学生会的干部，学校好多同学也都知道我，认识我。

只是我也有点又不太像班里的同学。

我从来都不会为考试发愁，他们在愁眉苦脸地迎接考试的时候，我还继续泡我的图书馆听我的歌儿，因为我每天都认真听讲，认真完成作业，考试很简单一点都不用担心；

我天天泡图书馆，以至于图书馆老师都认识我了，一有新书就到班里找我，让我和她一起去整理，因为她知道我肯定很热衷于这种事儿；

我是我们那一届录取成绩最高的学生，也是学校音乐班历史上考得最高的学生；我很听老师的话，与其说我是不叛逆，不如说我是不敢叛逆，因为我上个学不容易；

我没有学过钢琴，但我是全班练琴最刻苦的一个，当我成为全班钢琴第一的时候，同学们看着我羡慕不已，其实我只不过是脸皮薄，第一堂钢琴课被老师说木讷、不灵活和笨，有点火大而已；

我总是随大溜儿，同学们想做什么我都不反对，一直和他们一起，这样不会被排挤，哪怕心里觉得不好不对，但我也不会说，那是别人的不对，和我又没多大关系；

我写文章发表在杂志和小报上，我的目的是赚点钱当生活费用，可是被语文老师当成是热爱文学的范例四处宣扬，我心里暗骂着："傻×"，可表面上还是谦虚地笑着。

我进学校的时候对周围的同学和老师都无感，我的成绩可以上全地区最好的高中，然后高傲地考入我的梦想学府，可是我却来到了这个一堆从不学习的草包组成的班级。我心里赌着气，表面却仍然和气。因为我知道，就算是这样的一个学校，我负债累累的家也已经非常吃力了。于是，图书馆就成了我最放松的去处，因为面对书比面对人容易得多。

三年里，班里的同学都恋爱的恋爱，攻专业的攻专业，肆无忌惮地玩的则继续肆无忌惮地玩儿。

宿舍里和班里时而会有同学吵架，我永远都是最后一个去劝说的，因为我觉得无所谓，与其说我过着我自己的青春，不如说我活在别人的青春里，而我的青春正躲在一边生着气。

我貌合神离地保护着那个失落的自己，我听同学们的各种倾诉，像是读一本书一样地去倾听他们，可我什么都不会说。

不知道自己是从什么时候开始喜欢他们的，喜欢这一帮同学，喜欢他们的率真、单纯、真实和可爱。

也许他们的父母不需要他们言听计从，所以他们自然不需要像我一样那么快地就学会伪装自己，所以他们总是有什么说什么，活得异常真实。

他们应该也不是太在乎这样糟烂的一个学校的肯定，所以他们敢逃课、敢喝酒，敢大半夜地从垃圾场跑出去泡吧、跳舞。

他们敢把恋爱谈得风生水起，敢在老师面前还不松开牵着的手，敢就这样把他们的男女朋友带回家去；

他们敢去对面的男（女）生宿舍楼打牌、吵闹，根本不把那中年的宿舍管理员放在眼里；

他们敢打架、斗殴、破坏公物，敢反抗他们认为的不公正。

我像一个旁观者一样注视着他们，冷静、羡慕又不为所动。

我听着女生口中的那一个个关于另一个男生的故事，悲伤的、犹豫的、令人心跳的……

我也听着男生们的那一场场勇敢追求的故事，暗自喜欢的、勇敢直白的、奋力追逐决不放弃的……

我一边默默地记住他们的故事，一边暗自怀疑着书中和他们口中的爱情，怎么可能会有一种感情会让人如此地欣喜又神伤、张扬又忧郁。我当时觉得我一辈子都不会这么不冷静。

在这个学校第二年的某一天，我被同学拉出去上网，这辈子第一次通宵上网，早晨进校门的时候，被学生管理处的王老师抓了个现行，我们一行7人很丢脸地站在学生管理处的办公室，王老师坐在每天我安排晚自习纪律检查工作时的椅子上，扫视着我们，扫到队伍末尾时发现了我。王老师被气得说不出话来，用手指着我说："你……你……你一个学习部部长，你……你……再好的学生放到烂班去也被教坏了……真是太不争气了……"

如果是之前的我，我一定是脸红又觉得很丢脸的，可是这一次我看着一向稳重的王老师气得发抖的手指和那失望至极的悲怆感，我倒觉得很有趣，突然有种"这才是真正的我"、"这才是我本来应该有的样子"的奇特的坦然。

几个同学被批评完之后，我们一起走出学生管理处，他们都累得不讲话，还有点沮丧，我突然笑了出来，然后笑了很久很久，笑得眼泪都出来了。同学们像看怪物一样的看我，好似在说："这孩子熬夜熬傻了，被骂还这么开心。"

第三年我竞选了学生会主席，我的竞选演讲题目是《让青春从这里起飞》。我说要做晚自习的改革，每周至少一次的文艺晚自习，学习一些有意思的东西，比如交谊舞，演讲。我说要开办学生会的放映厅，每周末收很少的费用放电影给大家看，每个部轮着放，收到的钱做部门经费；我说每周五要在礼堂举办免费的学生舞会；我说要定期举办画展，在画展上可对画进行自由买卖……最后我说：我想要让学生会开展这些活动，只因为我们的青春应该比现在的那一个更加精彩。我几乎获得了全场所有的选票。这一次我很高兴，因为我说的都是我真正想说的。

致青春里最让我感动的是那个散伙饭的镜头，那个镜头从一个酒吧的门口开始，向酒吧里面慢慢地推进，有学生进进出出，有人在一边吐，有人互相搀扶，有人抱头痛哭，有人暗自垂泪，有人推杯换盏，有人抱瓶豪饮……

　　我想到了我们班的散伙饭，我人生中第一次喝酒，啤酒很难喝，涩涩的，苦苦的。可是那却是最契合我们当时心情的味道。我们合着吉他唱歌，又都哽咽着唱不下去。有很多同学都喝得吐了，也有很多同学直接大哭起来，我们互相拥抱，无所顾忌地讲着话。有个同学红肿着眼拉着我的手说：你总是给我很遥远的感觉，你感觉上像是我们班的一员，但又好像从来都没有融入过，但今天你特么也哭了。

　　我笑着看着她，眼泪哗哗的。再厉害的伪装也伪装不了三年那么久，我依然是那个习惯循规蹈矩，连个课都不敢逃的懦弱又胆小的伪装者，只是不知不觉间我的青春里已经住进了一些率性而为、不羁又张扬的一群人，就算是循规蹈矩却也闪烁着很不一样的光彩。一直到今天我都发自内心地感谢着他们。他们为我的青春添加了最靓丽的颜色。

　　我可能不会被致青春里的很多事情感动，我没有在学校谈过恋爱甚至没有暗恋过谁；我没有去过男生宿舍更没有和同学一起打牌或打架的经历；我也没有和谁吵过架闹过很大的别扭；我更没有公然反抗过老师或者别的什么人，甚至连句反抗的话我都没怎么说过。

　　我的青春也没有给我留下什么一直隐藏在什么地方的秘密，也没有惊心动魄的结局，或者是令人难忘的聚会，我们的散伙饭散了很久都散不去，一起吃了好几顿饭，喝了好几顿酒，但是最终分开之后，就真的分开了，连联系都少了。

致青春里的青春，光彩夺目、绚丽缤纷，就算悲伤了些、痛苦了些，却精彩张扬，令人神往。而我的青春可能就在他的旁边不远处，只是我在旁边张望，不愿留下什么痕迹。

第二章

平明送客楚山孤

我们只是朋友，

手指轻触也许会有火花，

但最终我们只是遥遥相望，

因为友情太美，我们不忍再前进一步，

生怕触动了那片美好一切就都不一样了。

于是，我们，可能

——永远都只会是朋友。

不散的宴席

里则林

> 人生这一条长长的路，一个又一个的人，在不同的地方，不同的时间，上车，和你相遇，相识，然后一起走一段，又下车，和你挥手告别，只留下一个背影在你眼眶里。

昨天开车去学校收拾东西，发现几年留下来的只有一些衣服一些书，乱七八糟地堆了半个后备厢。

傍晚的时侯，和几个好朋友开车出去吃饭。吃完饭，我叫他们带我去兜一下这个城市的绿道。沿着一条江一直走在安静的小路上，不知道是不是因为马上就要离开了，我突然发现这个当年百般责难的城市，其实是很美的。我一直问隔壁的人当初怎么不带我来，但其实我知道，当初的我肯定懒得来。因为我觉得余下的日子总有机会，从没想过有一天离开这里要以小时来进行倒数。我让一个好朋友玩下小清新，把头伸到车顶的天窗外，喊句："我们毕业了"，后来喊了下，他觉得有点不好意思。接着，窗外就断断续续地下起了蒙蒙细雨。夜里，我把车停在校门口，走到平时吃饭的商业街上，随处可见同届的人成群结队。我猜大家都在努力地想和小伙伴们在最后的时刻多留下点共同记忆。

今天上午考完最后一场试，也是我待在学校的最后一天。回到宿舍，看到杂物废弃物丢了一地，每个位置、每张床都不再像往日虽然不整洁，但也错落得很有生活气息的样子，更不像往日每个位置坐着一个人，看电影的看电影，打游戏的打游戏，假装看书的假装看书，而我夹着一支烟到处喷，不断挑衅他们。今天的宿舍，就像被扫荡过一般。

我坐下来，跟舍友们聊天，凡是聊到他们什么时候走，什么时候坐车时，心里都有说不出的感觉。我想送舍长和他女朋友去车站，也想送睡在我隔壁床的舍友，又想顺路载另一个舍友回家。

最后说来说去，发现不是时间对不上，就是行李放不下。我平时疯疯癫癫地在宿舍，脸皮厚得没有说不出口的话，但是此时此刻我却不好意思说一句，很舍不得你们，所以想多送你们一程。

聊着聊着，我爬回我那张没有了枕头和被子的床，趴在上面，对着下面坐着的舍友，睡在我隔壁的那位，说："这锅你带走吧，以后你去实习了，住在外面，肯定用得着，在商场里买，要好几百块，这锅那么新。"后来又说："这床垫你也带走吧，你一个人住外面肯定用得着，标签都没撕，住外面有张垫子舒服多了。"过了一会儿，又指着我椅子上的坐垫，说："这个你也带着吧，以后你上班了，天天坐着，不会长痔疮。"接着又找到一串佛珠子，说："不如这个送给你吧，泽哥可以每天保佑你。"最后，我翻到一盒三国杀，问他："要不，这个你也带上吧……"

问着问着，就想哭了，然后我说下去把车开进来。走出宿舍门口，眼睛就红了一下。

我也不知道为什么。

以前我大一的时候，就对隔壁床的那位舍友说要戒烟。我说："以后你要看到我抽烟，就直接打我两巴掌，别给我面子，我还手我是猪。"他每次都笑着说好，但是最后经常都是我抽着抽着，发现他一个人站到了阳台去，过了一会儿又回来。现在想起来，觉得特别对不起他。我们一宿舍都属于不善于表露内心情感的类型，当着面，一句话都说不出口。也有可能二十来岁的男人，都这样。

从前，我们毕业的时候，大家总是开心地对彼此说一句："记得啊，寒假暑假，咱们再聚。"可是如今一别，再没有了寒假暑假。要问一声何时再聚。就算学习委员也答不上来。

　　最后一次走出宿舍门口的时候，我一步三回头，因为今天再也不是去向饭堂，教室，或者各个熟悉的地方。这一次出门，大家从此便是天南海北。一起生活了上千个日夜，连夜里响起一声呼噜，都知道是谁的，所以又怎么能没有不舍呢？

　　走到校门口，想起最后的这个学期，我和几个朋友常常夜里爬出校门，去外面喝酒。虽然我不喜欢喝酒，但我觉得趁来得及，多聚聚，因为总有一天我一定会怀念起这些相聚的日子，就像我现在也会怀念从前一样。

　　那时每次喝到半夜回来，都要在门卫处登记名字，我每次写的都是"成东青"，那时我在想门卫们之中会不会有某一个在有生之年发现这是一个电影人物的名字。看到那几个让我登记过名字的门卫，不由自主地在心里想，以后再也没有"成东青"半夜回来了，一股惆怅油然而生，差点冲下车抱着保安哥哥亲两口，但是我怕我就此走不出校门，所以忍住了。

　　回去的路上，一个朋友说他这个周末要自己开车回来再收一趟东西，问我有没有什么没带走的，他到时候帮我带上。

　　我开玩笑说："我的青春留在学校了，还没带走。"大家都笑了。接着心里想，其实我们前半部分的青春，在校园的日子，确实也就这样，永远留在了渐行渐远的校园里，并且终其一生，再也回不去。

一路上，有些地方下着雨，有些地方阴着天，载着的四个朋友，一个接一个地下车，最后只剩下自己。本来塞得满满的一辆车，突然空荡荡了起来。

人生这一条长长的路，一个又一个的人，在不同的地方，不同的时间，上车，和你相遇，相识，然后一起走一段，又下车，和你挥手告别，只留下一个背影在你眼眶里。除了在心里祝福他们，你什么都说不出口。

千百万个夏天，千百万个毕业的故事，就这样悄悄收场了，这只是其中一个。而那些灿烂的日子，像夏天一样，猛然爆发了一季，香飘四溢，万紫千红，却又突然消失不见，快得让你措手不及。

只是在心里，它们永不凋零，花开不败。

用你想要的方式把你放在心里

猫语猫寻

一直到今天我都不知道他的那些信里到底写了些什么，也许我应该知道的，但我还是认为我应该尊重他的决定，就算是今天我仍然会这样抉择，他决定不把这些信寄给我，甚至从未提到过它们，就证明这些并不是他希望我看到的，而他寄给我的真相我会把它当成全部的真相好好收藏。

他是我上学时的笔友，自称郁先生，他说他在一个杂志里看到我写的诗，非常喜欢我的文字，他又刚好认识那家杂志社的编辑，于是查到了我的地址，便给我来了信。他的字很清秀，像女生的字，但字里行间却透着一种男性特有的温柔和沉稳。

从他寄来的信里，我得知他是一名公务员，在邻县的一个政府机构工作，工作很清闲，上班的时候他会偷偷地看书，偶尔他还会在信里把他在书里看到的一些喜欢的句子抄写给我。这些句子也被我转摘到我的读书笔记里，想着有机会一定要去读一读他读过的那些世界。

他还会向我絮叨同事之间的闲言和上司的机车，他常常很细致地描写他们的某一次聚餐和同事的八卦，让当时还在上学的我觉得"工作"好似并不遥远，也并不可怕。

他还说他以前其实是想去当兵的，高中一毕业就准备去应征，可是被家人阻止硬塞进了政府机构，他说是男人都应该去军营里当兵，没有当兵将是他一辈子的遗憾。

因为那时我在电台做节目和给杂志投稿的关系，会收到很多读者和听众的来信，收信和回信成了我在学校的生活里非常重要的一部分。在这些人里，有的人突然终止了联系，匆匆地相识又匆匆地消失了，有的人交换了电话从笔友变成了话友，最终慢慢淡去。笔友——本身就是这样一种并不坚固的关系，平淡又梦幻，真实又虚妄，没有太多的期待，断了就断了，如风一般，就算再凛冽也改变不了什么。

但是，他是特别的，我像是在期待电视剧的下一集一般的期待着他的每一封信，他的信件仿佛一个完整的故事，断断续续又联系紧密。信里的他成熟、稳重，有着自己的美妙世界，有着强势到左右着他的人生的家人，有着无法实现的梦想，感受过人生中无法触及的遗憾。如此遥远却又如此真实。

从我中师一年级下半学期开始一直到我毕业，我们的通信从未间断过，有的时候一周一封，有的时候两周，有的时候信迟迟不来，但也最多只间隔一个月，我总会收到他的信。这仿佛成为了一种默契，我们从来没有问过对方除了书信之外的其他联系方式，只是坚持着一人一封，他来我往，他不来我便等着，我始终相信总会等到的，就算所有的信都中断了，他的信，不会。

但在我快要毕业的倒数第三个月，他的信——断了。

断得非常突然，没有任何预兆，那段时间我反复地阅读他最后的那封信，试图在那封信里找到什么答案，那封信里讲述的是他和比他大五岁的姐姐的一次吵架，他因为一件小事惹怒了姐姐，一向很疼他的姐姐第一次和他发了脾气，他看到姐姐的眼泪觉得很惭愧，虽然自己已经是一个大人了，可是却仍然被家人呵护着，这么多年来，他好像没有为家人做过什么，于是那一天，他请了半天假，给姐姐买了她爱吃的蛋糕和喜欢的花，向她郑重道歉。他又看到姐姐的眼泪了，但这一次，他觉得他很幸福，因为他有着对他这么好的家人。他还对我说，在这个世界上最可靠的就是亲情，希望我也能好好珍惜家人的情意。

一封和以前没有太多不同的信，真挚也真实，并没有我想要寻找的所谓的"预兆"。可是信确实就这样断了，突然而决绝。

毕业时，我之前联系好的工作泡汤了，同学们也都已经回了家，我独自住在学校里，享受着毕业生浓烈的孤独感，空荡的宿舍里只有我一个人出出进进。在这期间，我无数次地翻出他的信，安静地读着里面关于他的故事，像是一剂安定，总能让我的焦躁不安瞬间平静下来。

我带着他的信和行李离开学校之前，最后去了一次学校的收发室，他仍然没有来信。也许这一次，信不会来了。孤独感一瞬间将我吞噬，失落从心底一点一点溢了出来。

之后的生活里，我打零工、找工作，非常艰难地开始了我作为一个社会人的征程，对郁先生那迟迟未来的信的期待已经被忙碌和疲惫代替。在我终于找到了工作的时候，他的信来了，是低一届的学妹带来给我的。那封信很厚，足足13页。

他说，在这封信之前信上所说的一切都是假的。

他从来都没有上过班，甚至连学都上得断断续续，他一点也不想当兵，而且根本就没有同事，连同学也没有几个真正认识他，"姐姐"也是他虚构出来的，他是一个没有朋友的可怜人，一个患了很重的病，羸弱到随时可能离开这个世界的可怜人。

他没办法一个人出门，也没有办法长期待在教室里，稍稍剧烈的运动就可能要了他的命，因为小学时的一次不小心，他差一点丢了性命，家人再也不允许他上学，他被禁足了，每天只能在家里看书。这样的日子过了好多年。

终于，在一次初中生中考的日子，他偷偷地离开了家，他这辈子都没有办法参加这样大型的考试，但是他想要看一看中考时的考场是什么样子。他在学校附近徘徊，看着出出进进的考生，看着门口焦虑的家长。

到了傍晚，他决定找个旅店住下来，在前台办手续的时候，楼下跑上来一个穿着白色裙子的女孩，她刚从楼下跑上来，脸红扑扑的，气喘吁吁地问他××学校的房间在哪里。她竟然把他当成了旅馆的工作人员。他还没有来得及反应，楼道里便有一个人叫了女孩的名字，女孩应了声，向他道了声谢谢便匆匆离开了。

他就那样记住了女孩的名字，从来都没有再忘记过，他在那家旅店住了下来，问了前台才知道，有很多镇里的考生都要到县里来考试，因为要考三天，所以基本都会住在县城。那几天，他白天和之前一样在学校附近徘徊，不同的是，他开始下意识地寻找那个女孩，哪怕只是匆匆一瞥也好，只要再见到她那充满活力的样子——他这辈子都不可能拥有的充满活力的样子，他就知足了。可是，一直到中考结束都没有再见到她。

后来便是他沮丧地回家和更加严密监控下的禁足。

终于有一天，他在一本杂志上再一次看到了那个女孩的名字，而那本杂志刚好是妈妈工作的杂志社出的，他连哄带骗地让她妈妈帮他拿到了那个女孩的投稿信，一共有5首诗，厚厚的信纸里有很详细的自我介绍，让他确定了她就是他要找的那个女孩。他说那个女孩就是我。

于是，他便很快地写了一封信，但是在反复阅读之后，他开始犹豫，他觉得没有人会愿意和他这样一个连小学都没有毕业的人做朋友，他狠狠地撕掉了那封信，开始编造一个自己期望着的自己。

他从不奢望事业有成，也不奢望自己有多么大的出息，他只想过正常人的生活，如果他是一个正常人，他应该就会是那样，普普通通的和所有人一样高中毕业，毕业之后就接受父母的安排做个清闲的公务员，有一群闲散又八卦的同事，有一个机车又顽固的上司。

但是他应该有一个梦想，那个梦想应该是有朝气又有活力的，于是他说他想要当兵，因为军人是最有力量、最有活力且满是荣耀的职业，作为他的梦想再合适不过。

他写下这些期望，寄给我，每每收到我的回信时，就好似真的成为了那个期望中的他一般。但与此同时，他越发开始觉得孤单地待在房子里的那个自己是那样的不值一提，于是便有了那个想象中的姐姐，疼爱他，听他闲扯，也接受他的珍惜和爱护。

他说：本来一切都会这样继续下去。可是上天却要因为他撒的这些谎而惩罚他了，他的病恶化了，他的时间不多了，这四个月他都在重症监护室里半梦半醒，他还说在他的梦里，他见到了我，我还穿着那条白裙子，快乐地向他跑来，可是却突然变了脸，骂他，说他是个大骗子，要和他绝交。

于是，他硬撑着用一个多星期的时间写下了这封信。他不求我原谅他，只是想告诉我真相，他说：人总不能背着"大骗子"的骂名死去。

读完信之后，我的心情很复杂，我第一次知道，欺骗竟然有着这样多重的含义，竟然有着这么多层的外衣，竟然可以让人如此的心痛又无可奈何。我没有他的电话，我甚至不知道他的名字，我有的只是一个终结于一个邮政局信箱号的地址和两年多来他写给我的一百多封信。

我匆忙地摊开信笺，可是却不知道要如何落笔，撕撕画画，最终，我只写下了自己的联系方式和"我想见你，请联系我"这几个字。有些东西我还不知道要如何分辨，但如果我不快一点见到他，我怕自己会后悔很久。

在焦灼地等待了一周之后，我接到了一个陌生的电话，他说他是郁先生，自然到像是在报自己的真名似的。

他说他想让我当他一天的向导，他要来伊宁市，想让我带他去几个他想去的地方转转。我问他病怎么样了？他说如果不好医生是不会放他出来的。我便答应了下来，但并没有确定日期。

在一个周末的早晨，我又接到了他的电话，他已经在市内的酒店里住了一个晚上，他让我去酒店接他。

我到的时候，他站在酒店大堂的落地窗口，清晨的阳光从窗口洒进来照在他雪一样白的皮肤上，让他笼罩在一圈光晕之中。我几乎已经记不清他脸庞的轮廓了，却记得他背着光面对我说：我老远就看到你了，你总是那么特别。

我笑着，从包里拿出一本《哭泣的骆驼》递给他，我曾在信里说过我喜欢三毛的这本书，他说他一直想看却一直都没有买到，后来我在书店里见到就买下来决定送他。他看到我递给他的书愣了一下，但很快又笑了笑接了过来。

那一天我们一起，坐着他父亲朋友的车，去了伊宁市的很多地方。

　　我们去了伊犁河，他小心地触摸那满是风尘的伊犁河大桥的桥头，望向流淌的河水和岸边的人，眼里一片清明，仿佛是在向这个陌生的世界问好。

　　我们去了西公园——那个我们那个年代里每一个在伊犁长大的孩子都会去的地方——他说他是第一次来。我们坐在公园的长椅上，周围很吵，他像个孩子一样东望望，西望望，我告诉他我小时候和家人一起来这里玩时的场景，他听得很认真，仿佛要记住我发出的每一个音节。

　　他说想看看大世界（现在已经被拆掉了），我便带他到大世界街边的小吃店里喝酸奶，大世界是那个时候的伊宁市人流最密集的地方，就算是我逛街的时候也受不了那里的人口密集，更别说重病的他了。他尽管始终都微笑地看向我，温柔地对我说话，像是信里的他那样，但是他看起来很虚弱，苍白的皮肤更是让人觉得下一秒钟他就要倒下了似的，他看着走来走去的人发着呆，那一刻，我觉得他好似已经置身于其他的世界。

　　傍晚的时候，他明显地体力不支了，说话的声音都变得好小，却坚持一定要送我到家，我下车时他微笑着向我道谢，在关上车窗的时候，他向我挥手道别。

那是我最后一次见到他，之后我们便再也没有联系过。

半年后，我接到一个电话，是个女人打来的，她说她是郁先生的姐姐，我没有做太久的回忆便知道她说的是谁，但是我承认，我还是回忆了一下。半年的时间人真的可以淡忘很多事情，他还在我的脑海，只是记忆已经被存在了需要搜寻一下才可以发现的地方。她说想要见我一面，有些东西要交给我。

我们相约在一个咖啡厅，我一眼便认出了她，因为她和郁先生不但有张相似的脸，连那温柔的气质都几乎一样。她递给我一个铁盒子，里面全都是我写给他的信，我疑惑地看向她，她说，郁先生已经去世了，这是他特别珍视的一个盒子，里面有我寄给他的信，可奇怪的是，每一封我寄来的信的信封都用订书钉钉着一封他的回信。这一盒本来要烧掉的信就这样出现在了我的面前。

我摸上那些信，手不由得颤抖，仿佛可以通过这样的触摸感受到他似的，原来我每一次的信他都会回两封，一封是他想象中的那个自己回的，那些信他寄给了我，另一封是现实中的那个他回的，那些信都在这个铁盒里。我想象着他用现实中自己的心情写这些信的样子，不由难过起来。我没有勇气去看这些信，甚至连触摸它们都觉得疼痛。

"这些应该是他打的草稿，他写给我的那一份我好好收藏着，这一份请你们烧给他吧！"我低着头说。

我有些艰难地把装信的铁盒推向对面，逃跑一般迅速起身离开了咖啡厅，来之前我本想把他想象中的那个自己说给他姐姐听，这样说不定能够让他开始过平凡的生活，可是他已经不在这世上，说出这些也许只会让他的家人更加地痛苦，他如此深爱他的家人，一定不希望他们知道这些。但如果继续在这里待下去，我怕我会忍不住想要倾诉。

一直到今天我都不知道他的那些信里到底写了些什么，也许我应该知道的，但我还是认为我应该尊重他的决定，就算是今天我仍然会这样抉择，他决定不把这些信寄给我，甚至从未提到过它们，就证明这些并不是他希望我看到的，而他寄给我的真相我会把它当成全部的真相好好收藏。

他说他从来都没有上过班，甚至连学都上得断断续续，他一点也不想当兵，他根本就没有同事，甚至连同学也没有几个真正认识他，"姐姐"也是他虚构出来的……

他还说他因为那一面之缘而记住了我的名字，他说他羡慕那充满活力的身穿白色裙子的我，他说他是因为再看到杂志上的诗才找到我……

　　这所有的一切就是他给我的全部真相。就算我中考时是住在舅舅家，根本就没有住过旅馆也从木去找过同学；就算我从很小就不再穿裙子了，也从来都没有穿过白色的裙子……我也都执着地相信着他，因为这是他想让我保留的他的样子以及他和我之间的故事。

　　用他想要的方式把他放在心里，也许就是我能够给他的全部友谊吧！

不过是流着眼泪吃肉

陈亚豪

> 伟大的人或许都有着相同的伟大，可平凡的人，一定都
> 有着不同的伟大。生活啊，不过如此，流着眼泪也要吃下肉。

7月中旬大学毕业后，我来到望京工作。离家不算远，坐
一个小时的地铁，但下了地铁到单位还有将近五公里的步行距
离。好在望京这一片有非常发达的三蹦子市场，北京人俗称的
蹦子，就是那种烧油的三轮车，经常在路上和汽车飙，毫不示
弱，还总是一蹦一蹦的。坐在里面总有种随时要翻车的刺激
感，从地铁口到公司十块钱，价钱合理，又能享受到飞起来的
感觉，坐三蹦子就这样成了我每天生活必不可少的一件乐事。

三蹦子由于车身不稳，油门难以控制，又没有避震系统，
所以翻车的概率较高，有很大的安全隐患。City God们，也就
是城管，每周都会进行一次三蹦子大扫荡，连车带人一块儿押
走，再加重罚款。基本上望京这一带干三蹦子生意的都是外地
来京的底层打工人员，没钱、没文化、没人脉、没技能，但凡

有一点儿路子的都不会干这门差事，白天在地铁口趴活儿，一边拉客一边调动全身感官提防城管，晚上住在四百元一月的地下室里。他们和三蹦子一样，每天拼尽全力不停地飞奔，但随时要做好翻车倒地，就此告别这片土地的准备。这些都是一位优秀三蹦子驾驶员讲给我听的。

他让我叫他小六，来北京打工第三年，今年二十二，和我一样大，但坚持叫我大哥。他说坐他车的都是大哥，并不是因为我有大哥的范儿，请我不要再拒绝。我们的相识缘自我常坐他的蹦子，后来慢慢熟悉，从老顾客成了蹦友。每天清晨我走出地铁的时候他都会在路边叼根红梅等着我，这个时间点如果出现别的顾客他都会道歉谢绝，死心塌地地等我。小六是我所体验过的最优秀的三蹦子驾驶员，他常用的招牌驾驶姿势是下身跷着二郎腿，就这样炫酷的姿势却能把车骑得极稳，实在天赋异禀。不过他有一点不太好，总喜欢在路上和我聊天，我倒不是担心他会因此分心，而是他总是喜欢回过头来和我聊天，用后脑勺目视前方。

小六每天都会乐着给我讲点生活趣事，昨天哪个竞争对手翻车了，也不称称自己几斤几两，以为三蹦子是谁都能开的吗！前天哪个哥儿们一不留神撞到了城管，当场就义愤填膺地抄起随时备好的钳子卸下了一个轱辘，死活咬定这不是三个轮的。还有他千里之外的家里事，他三代单传，去年媳妇给他生了个儿子，一家人高兴得不得了，只是造化弄人，小儿子半年前得了怪病，呼吸常出现困难，方圆百里看了一遍，还是没治好。"不过不要紧，山里的孩子都命硬，我再攒个半年钱就把儿子带到大北京的医院来，咱首都还能治不好？"讲这些时小六依然乐呵着，并且，还是非要把头扭过来看着我讲。

我喜欢小六，因为他总是两眼眯成一条线，乐呵呵的，每天早上看到他，我都觉得阳光暖得可以融化掉北京的雾霾。

9月中旬的一个早晨，我继续坐着小六的三蹦子藐视所有我们一路超过的汽车。那天小六没要我钱，他说他要回趟老家，估计月末才能回来，这段时间送不了我了，给我推荐了两个同行好哥们儿，叫我以后坐他们的车，并告诉我他们是这一带排名第二和第三的三蹦子驾驶员。第二天，小六的身影便没有再出现在地铁门口，生活还要继续，我依然坐着三蹦子去公司。不过第一天没有小六的日子，我乘坐的三蹦子就为了抢路和同样目空一切的马路霸主——公交车蹭上了，险些侧翻。我很怀念小六。

终有一天你会明白，如果你遇见了一个优秀的三蹦子驾驶员之后，其他的三蹦子都会变成将就。

一个星期后，小六提前回来了，在地铁门口看到他时我蹦蹦跳跳地就过去上了他的车。他依然眼睛眯成一条细线，乐呵呵的。

只是眼角的皱纹比走那天深了一些。我开心得不得了，过去乘蹦奔腾、策蹦驰骋的日子又回来了，我又可以在小六的蹦子上觊觎一切豪车了。小六的技术丝毫没有退步，驾起车来反而更加迅猛，像一头压抑许久的野兽，向这个世界怒吼着冲向公司。

那天到公司的时间较已往早了几分钟，下车时我想起还一直没问他之前突然回老家的原因。"六子，那会怎么突然说走就走了，家里没出啥事吧？""没事大哥，儿子病情严重了，媳妇和我娘着急，让我回去看看。"

"那现在好些了吧，看你没到月末就回来了。"

"死了。喘不上气，眼看着死的，小脸都憋紫了。"

我一时怔住，嗓子里像卡进了玻璃碎片，再说不出任何话语，连唾液都忘了该如何吞咽。

"死就死了吧，这娃命苦，生下来就受这活罪。我没出息，实在没法儿治好他，早点投胎去个好人家，千万别再给我当儿子。"

没有悲愤，没有凄凉，甚至连情绪的变化都没有，小六就这样平静地讲述着一个好像与他毫无关系的孩童的死去。

可他眼角下那在一周里好像被锥子凿刻了的皱纹，没能藏住他内心的悲痛。

秋日清晨的暖阳照射到小六的脸上，他的眼睛又重新眯了起来，嘴角再次咧出弧度："大哥，你快去上班吧，我回去趴活儿了，明儿见。"

不似春的生机盎然，夏的浪漫浮华，冬的安宁沉静，秋天就像一位历经人间百态、谙熟命途多舛的中年男子，已经走过了盎然，穿过了浪漫，为了那最终的安宁，只得坚强到沧桑满面。

或许每个人，都逃不过这命里的秋天吧。

9月末，一位过去要好的舞友阿飞来找我和其他两个哥们儿吃饭，每个人都西装革履，人模人样的，再也不是曾经那个放荡不羁一边走路一边塞着耳机做Pop的街舞少年。饭桌上，我们聊起了过去舞蹈带给彼此的快乐，聊起拿过的奖项，创下的辉煌，还有台下姑娘们的尖叫。只是谁都逃脱不了岁月这把刻刀，青春里的光鲜和华美都会被它悉数刻进眼角的鱼尾纹，埋藏在当年勇的话题里。

阿飞说，刚毕业那会儿，身边跳舞的朋友还都在坚持，每周都会找个舞室聚一下。现在都找不到人了，就剩他自个儿每晚洗完澡在浴室的镜子前翩翩起舞了。

阿飞是东北人，我对阿飞的了解其实只限于舞蹈。四年前他来我家这边念大学横扫了本土街舞圈的所有人，他是我认识的跳舞朋友里练舞时最专注的，也是唯一一个把爱好坚持进生命里的人。不过后来被我反超了，让我抢回来了本土第一的宝座，没办法，我就是受不了别人比我帅。

除此之外，我还知道阿飞很喜欢笑。四年，我几乎从来没有听他讲过一件不开心的事，永远笑嘻嘻的，永远生活太美好。有一次他丢了钱包，钱包里除了各种卡之外还有刚取的两千元人民币，但他的第一反应是立马找出一支笔和一张纸，埋头写了半小时，然后咧着嘴对我们说："哈哈哈，终于可以狠宰你们一顿了！"我们这才发现纸上写的是下个月要蹭饭的人名单和详细的时间安排……

席间阿飞出去接了个电话，回来后眼圈就红了，要了一瓶白酒和六瓶啤酒。他从来不喝酒，他总说他喝这玩意儿就是喝毒药，每喝一口都得少活两天。另一个哥们儿前阵子刚因为中美异地和四年的恋人分手，一直嚷嚷着要喝两杯，看到阿飞现在舍命陪君子，大家的酒兴都被点燃了。

借着酒劲，你一言我一语地开始诉说起各自最近生活的不如

意，但觥筹交错间没有任何安慰的话语，只有嘻嘻哈哈，互相指
着鼻子嘲讽着对方的苦痛。很多事情，还真的是笑笑就过去了。

阿飞一直没有说话，还是笑，只是笑。

他用迷离的眼神看着我："你知道为什么我对舞蹈这么坚
持吗？"旁边的大宇说："豪哥，我跟你说，阿飞可是有故事的
人，你们以前没深聊过，绝对够你写篇文章的。"

我知道他有故事，一直都知道。

这些年我认识或遇见过不少像阿飞一样的人，每天都没心
没肺的，恨不得把嘴角咧到耳根，简直觉得他们是在郭德纲的
相声里长大的孩子。

可是越是这样的人，越是总隐约觉得他们的心里并没有那
么多的明亮。就像那句听起来很矫情的话，笑得最开心的人往
往也是哭得最伤心的人，这话其实还挺对的。

越是拼尽全力地向阳生长，越是为了甩开身体里的阴影。

那些似乎从来没有过灰暗情绪的，始终不愿提及悲苦故事
的人，心里都不知道藏了多少疤。我们避而不谈的，往往像极

了我们自己。

　　这是认识阿飞这些年，他第一次主动讲述自己："年幼的时候父母离婚，没过两年，妈就去世了，因为先天的遗传疾病。从小到大我都是在姥姥身边长大的，她是我这世上最亲的人，也是唯一的。上学后，由于家庭原因，基本上都在四处转学漂泊，我从来就没有过什么朋友。妈的病也遗传到了我身上，身体一直很差，其实能活多久我自己也不知道。好在后来接触了街舞，跳舞对我来说远不只是爱好，是我生命的一部分。说句夸张的，它是我的精神寄托。而且让人开心的是，因为跳舞我认识了不少朋友。我对人生没什么想法，没有奢求也没有梦想，我就觉得能活着就很好了。现在每天早上游泳晚上跑步，尽量维持身体健康，使劲活，能和朋友们跳跳舞，偶尔像现在一样破戒喝两口酒就够了。"

　　阿飞平淡地讲完这段话，只是讲述，没有任何对苦痛的倾诉和怨愤。大家什么也没说，一起干了杯中酒。

　　"人活着必须坚强，除了坚强，一切都没有意义。"这是那天酒桌上阿飞的结束语。

　　走出饭店时夜幕已深，哥儿几个一时兴起想跳会儿舞，于是我们走到一个路灯下围成一圈，用手机放起音乐，一人一段轮流跳了起来。没有舞台，没有追光灯，没有音响，没有观众，只有我们自己。9月末的北京已经很凉，但大家都跳到大汗淋漓，坐在马路牙子上，你看着我我看着你，哈哈哈地笑了起来。

能吃肉的时候就大口吃肉，想喝酒的时候就喝个痛快。挫折、苦难、悲伤、失落、迷茫、彷徨、离别、孤单，这不过是一个个两字词语，被它们击倒的人，不过是不想再站起来的人。

那晚阿飞接到的那个让他忽然红了眼眶的电话内容，是他姥姥去世的消息。从小带他长大的姥姥，他这辈子最亲的人。我们告别时他告诉大家的。

"每一个不曾起舞的日子，都是对过往生命的辜负。"我想起了狂人尼采的这句话。

10月中旬的清晨，我继续坐着六子的三蹦子来到公司，下车离开时六子叫住了我："大哥，晚上有空吗，想请你吃个饭！""有啊，五点下班，楼下等我。"

"对了，给咱这座驾洗个澡，晚上咱去点上档次的饭店，就开着它去。"小六笑着眯起眼睛，爽快地答道："好嘞。"我也眯起了眼睛。

下班后，小六如约而至，还真给三蹦子洗了个澡，那铁皮锃亮锃亮的。我当时想着如果下一部变形金刚里能出现一辆三蹦子，那绝对亮瞎中国观众的眼睛。我上车给他指着路，小六继续跷着二郎腿，老样子，一边向前开一边回过头和我聊着天，在一家朝鲜烤串城前我们停下了。

小六下了车和我一起上楼，这是从7月相识至今，我第一次看到离开三蹦子的小六。我终于明白为什么他一直要跷着一条二郎腿炫酷地开车，他的左腿是瘸的。

我把店里所有的招牌烤串点了一遍，满满一桌子的肉，然后要了一箱啤酒。

"先说好了，今这顿饭我结账。"我对小六说。

"不行不行，凭啥啊，都说了我请你！"

"行，那咱就看谁最后能清醒着出门。这会儿说得再潇洒，一会儿喝得连爹妈都不知道叫啥了也是抽自个儿嘴巴。"

"哈哈哈。大哥，你可别逞能啊，我每天早上起来都是喝两盅才出去趴活儿的，你能看出我酒驾吗？"小六冲我扬了扬下巴，一脸的傲娇。

"我 × 你爹！"

我要了两个大碗，一碗差不多是半瓶啤酒。我俩谁也不服谁，比着大口吃肉，比着举起碗就一饮而尽。

我记着半箱下肚的时候，旁边桌两个韩国人，估计是被我们大碗喝酒的架势所震慑，倒了一杯啤酒过来敬酒，用蹩脚的汉语说："中国人，厉害！"小六直接抄起一瓶，用牙咬开："我们是你们爹。"低头思忖了两秒钟："思密达！"然后"咕嘟咕嘟"就干了。我还没来得及去解释两句，那两个韩国人就结账穿衣服走了，尿得令人很无奈。

基本上这就是当晚喝酒的前两个小时中，小六所说的唯一一句话。

我确实喝不过小六，七瓶下肚之后，酒就卡到嗓子眼儿了，再喝一口，我就有可能像喷泉一样吐小六一脸。他也多了，看刚才的豪侠之气，我真怕万一吐到他身上他会抄起酒瓶子揍我。他继续大口吃肉大碗喝酒，我抽着烟，养精蓄锐，等着……结账。

在我彻底甘拜下风的一小时后，小六继续神勇着。我拿起根烟点燃后送到他嘴里时，他突然就像狼嚎一样开始哇哇大哭。我被吓了一个激灵，赶忙拿纸巾递给他。小六挥挥手，继续狠狠地吃肉，就那么泪流满面地大口吃着肉。

"大哥，我以后送不了你了。家里媳妇跟别人跑了，我怪不了她。我没出息，出来打工三年多也没能混出个人样。儿子的死对她打击也很大，我知道她恨我，恨我没能治好儿子。"

"我俩从小在山里长大，真是青梅竹马的。她可是我们村里的村花，好看着呢！跟了我真是委屈，你说我有啥值得她跟的？听说她现在跟的那个人是我们那片儿最有钱的人家，好事啊！"

"我娘年纪大了，一下给气病了，我得回去陪她，让她好起来。我再没出息，我也得让我娘好起来，你说是不是？"

"是。"我干了一碗。

小六笑了："大哥原来你还能喝啊，能不能实在点？"小六的眼泪一直在淌，这是我第一次在眼前看着一个人，边哭边笑，还一边大口地吃肉。

后来小六再也没提这些事，他开始跟我唠嗑扯淡。他讲了很多他们三蹦子兄弟的故事，讲他们为了能给家里多汇钱，三个人挤在十平米的地下室里；讲他们离家多年，半年集体攒钱装回大款，去燕郊找小姐的经历；讲他们为了生活，做的那些偶尔有失道德的疯狂事；讲他们每晚睡觉前都会一起唱首家乡的歌。

我听得津津有味，沉浸在他的话语里，比起平常朋友和同事讲的那些前天谁赚大钱升职了，昨天谁终于历经艰辛实现梦想，今天谁多么励志多么辉煌，更有趣。有趣的不是小六的讲述方式，而是他讲的每一句话，都太过真实，真实得更像生活，真实得，这才是人生。

生活真的有那么多光鲜和靓丽吗？生活真的可以一如海平面升起的太阳让人向往和着迷吗？生活真的是有那么多苦尽甘来的实现和获得吗？

与其说人生是为了实现和获得，不如坦诚地说，人生不过是不断地失去和承受。

"生活就是这样，不如诗啊。"

那晚我背着小六离开饭店，我走得战战兢兢，努力平稳脚步，真怕一个震荡他就吐我一头的啤酒加肉。小六好样的，一直没吐，就是一边撕着我的耳朵一边喊"驾"。我突然想到，他不过和我一个年纪，大学刚毕业的年龄，还是一个大男孩儿啊。

背他回去的路上，小六一直在笑，笑得酣畅淋漓。我问他："你到底在笑个什么蛋？"想让我哭？去你的吧！"然后又是一阵大笑。

那笑声震耳欲聋，在夜晚的空气中肆意飘荡，简直和战场上斩杀百敌的英雄一样荡气回肠。

对，小六是个英雄，生活里的真英雄。

愿他永远把酒当歌，以笑代哭，愿他永远这般倔强藐视人生一切的不如意。

小六走后，我在公司附近租了房子，再也不坐三蹦子了，以此纪念小六。

爷爷的妈妈，我的太奶奶，今年九十九岁。前年我回老家看望她时，她老远就兴奋地喊我："是豪豪吗？豪豪回来看我了！"我跑过去像对待一个小女孩儿一样把她搂进怀里。一个大半身埋进土里的人，一个全身刻满皱纹像一棵枯朽老树的人，却依然耳聪目明头脑清晰，饿了的时候能用一口假牙啃半只烧鸡。太奶奶才是我的女神。

爷爷和我说，太奶奶是个了不起的人，她和在那个裹脚年代长大的人别无二致，了不起的是她一直活到了今天。她经历了那个时代每个人都要经历过的饥荒、混乱，经历了这个世上每一个人都要经历的苦难、不如意、病痛、离别，和生活与岁月带给每个人的摧枯拉朽与孤单寂寥。

她至今依然站立在这片土地上，她没有成功和荣耀，没有策马红尘的青春，没有为了人生理想的一路奋战。但她从来没有被生活打败过，她没能从岁月那里获得些什么，可岁月也从未能从她身上剥夺摧毁掉什么。

她是一个真实的，平凡的，像这个世界上被无数人所鄙夷的又和无数人一样为了活着而生活的人。

她是个了不起的人，是我心里的女神。

太奶奶没有所谓的人生哲学和长寿秘诀，活了将近百岁走过了一个世纪的人，每一句对生命的感慨都是有着经过时间验证的深刻，但她一如过去从不言感悟也不语遗恨。我从来无法从她那里获得些指点或经验之谈，我俩一块儿的时候干得最多的事就是一起吃烧鸡。

关于她的人生过往，我从爷爷那里听到过一二。太爷爷在世时是那个年代的财主，生意做得很大，家里有两辆马车，大土豪。这当然一定是要被革命的，被大伙深恶痛绝的。嫁鸡随鸡，嫁狗随狗，太奶奶只是命运的跟随者。

命运弄人，太爷爷不到四十就离世了，不到三十的太奶奶成为对丈夫阶级仇恨的转移者、批判的承载者。唾弃、咒骂、侮辱，这些基本上构成了她的后半生。她并没有悲愤和怨恨，像一块钟表一样继续生活，只是在每一年太爷爷的祭日时，她都会做上一锅肉，无论贫穷或富裕，然后一个人端起一碗肉坐在家里门前，一边流泪痛哭，一边大口吃肉。

流着眼泪也要吃下肉——这就是太奶奶这一辈子的人生哲学吧。

有时就觉得吧，哪有那么多的辉煌和荣耀，快乐对于人来说总是短暂的，悲痛才是永久的，才是让人铭记的。永远在受挫，在告别，在彷徨，在孤单。你说人活着是为了实现和获得吗？不是，人在世上每活一天都是在失去和承受。你说人是靠理想和憧憬活着吗？不是，人是靠坚强活着。

明明懂得很多大道理，可当自己深陷其中时，迷茫脆弱得像个孩童。生活周遭的一切就是如此，发生在别人身上时，你总会感到太过残酷和无情。可当它落到你头上时，无论如何，你也会走下去。

伟大的人或许都有着相同的伟大，可平凡的人，一定都有着不同的伟大。

生活啊，不过如此，流着眼泪也要吃下肉。

铁血友情

羊乃书

在最深的黑暗里，我跟糖豆涉过急流，越过险峰，在路线庞杂的迷宫里辨识着出口的方向。流言蜚语没能淹没我们，挑拨离间没能割裂我们，以一敌百没能斗倒我们。可怕的是，我们默契得连小吵小闹都没有过，搞得那些自以为会把我们毁灭的人，都觉得难为情，完全没有存在感。

糖豆神情凝重地把我拉进教室后面的工具屋，一种不妙的预感从脊梁骨腾地蹿起。

她缓慢而深长地吸了一口气，那口气仿佛从脚趾尖，一点点地回抽，经过脚掌、双腿、腹腔、胸腔、脖颈，聚成一股湍急的气流，从鼻腔里泻出。

"以后，每天我们俩一起上下学。"

"那？"

"她们，不跟我们一起了。"

"发生什么了？"

糖豆的双眼比喉咙先哽咽。

"她跟他在一起了。"

"什么？"

她们，是两个在高中前两年，跟我和糖豆关系铁得毋庸置疑的死党，每天形影不离。

他，是我的前男友，她的现男友。

他跟糖豆也熟识，在篮球场瞥见她，那时，我们四人吃完晚饭，正在操场上遛弯儿，当晚便找糖豆要了她的电话。糖豆完全没多心，她觉得，她决计不会是他喜欢的类型，于是，放心大胆地将那串数字发了过去。

没想到，这两个不同星球的人，现在阴差阳错要上同一条船。

女人之间的友谊，始于讨厌同一个人，止于喜欢同一个男人。

糖豆知道，同一时间从我身边夺走两样挚爱，实在太残忍，这其中，兴许也有她的无心之过。

逗趣的是，他当初跟我在一起，也是糖豆一手撮合。聪明如她，早看穿我们的眉来眼去，却谁都没捞得那份坦然，讲破隔在两人之间，薄薄的一句话。

她擅长短跑，于是自掘坟墓，说要跟他比跑步。教学楼是中空的环形建筑，谁先跑完一圈，谁就赢，输的人必须完成对方提出的任何要求。

他同意了。

全班都从教室里跑出来看热闹，因为心情太过急切，甚至有人手中还紧握着正在做的习题册。糖豆摩拳擦掌，笑里写着"必胜"二字。

哨声一落，风驰电掣。她如一枚勇猛的炮弹，从弹筒里发射出去。每日梳得齐齐整整的刘海儿，在拼尽全力的奔跑中，被风瞬间掀翻，马尾左一晃右一摇，兜出狂野的弧度。眼看终点将近，糖豆势在必得，人群的欢呼从天井里涌出去。突然，糖豆不见了，一声凄厉的尖叫同时传来。

她在男厕所门口一脚踩滑，摔了个仰面朝天。

欢呼在短暂的真空状态后散落成哄笑，打赌终结为一出闹剧，但仍旧换来了他的表白。

按糖豆的理论，像我这种人，根本不适应地球的生存模式。

口无遮拦，不懂得低调掩饰，所有情绪都赤条条挂在脸上，且无条件相信任何人，属于被人骗，还帮着人家找借口的没心眼儿。

我总以为，既然彼此称之为朋友，甚或闺密、死党，定会共同保守些一针见血，甚至言辞稍显过激的吐槽。可怖的是，有些人在大大咧咧、没心没肺的表象之外，内心却藏着一本明白账，日后想要决裂，都是要一笔一笔，慢慢算的。

她有句话总结得很对，在《甄嬛传》里，我绝对活不过第五集。

就在工具屋事件以后，我开始隐隐感觉到某种不对劲，那种别扭源自原本跟我关系尚可的同学，像是知晓了什么秘密一般，对我开始产生的戒备。

疏离像是病菌一般，迅速传开。

曾在《动物世界》里看到过冬的羚羊渡河，平日里显得温顺灵巧的生物，铆足了劲，奋力泅渡。河水冰冷，它们必须尽可能快地攀上对岸。在这场生存游戏里，如果不踩着同伴的尸体上岸，就会成为别人的垫脚石。时间不多，生之本能让它们不计一切，抛却情感与理智。

我能看得出，架在糖豆肩头的选择。

她站在水深火热之中，透彻地观察着事态进展，一边是声势日渐浩大的群体，一边则是我孤身一人，临崖独立。

我知道，她有难处，并且跟我不同，在对峙之时，不会选择奋不顾身，玉石俱焚。

糖豆和那两个女生耍嘴皮子的功夫远远高过我，损起人来，不费吹灰之力。嬉笑怒骂，快言快语，用重庆的方言讲，都是"直肠子"。

我以为能跟她们一样，说想说的话，无须任何粉饰，甚至因为分享私密的见解而觉得给友谊加了固、上了锁，似乎分享的秘密越多，关系就越牢靠，谁不是绑在一根绳上的蚂蚱。

直到覆水难收，我才知道，我们不一样。

她们是无所求的，平凡无虞地过，万事大吉，那些碎言碎语不过是些茶余饭后的闲食，无伤大雅。可我不是，骨子里的好强消停不了，蠢蠢欲动，面前永远有更高的山峰。追逐便意味着竞争，意味着如何在僧多粥少的局面之下，抢得那杯羹。面对利益，不择手段的人，便会将每一个从我嘴里吐出的犀利观点，在口口相传之中，夸大变形，甚至添油加醋，无中生有，最后变作把柄，将我置于死地。

敌人毁灭不了，陌生人伤害不了，而朋友一旦反目，则刀刀直戳要害。

那本应是年少时，最赤诚的信任，一旦被成人游戏规则介入，先变质的心，就会蚕食掉固执地笃信人皆善类的生物。

除了糖豆之外，一切都变得不咸不淡、不冷不热。

年少时的孤立不掺杂一点儿水分和情面，不会有人想到，给别人留余地就等于给自己留余地，放别人一条生路也是给自己一条退路这种高深的道理。我不喜欢你，就要大张旗鼓地发动最广大的人民群众来讨厌你，代表月亮惩罚你，代表宇宙消灭你。

　　而我根本无暇顾及，那可是人人自危的高三，恨不能变成一架永动机，成天不知休止地连轴运转，转进别人的期望，自己的梦想，还有各种想要在这场战役里得以彰显的情绪。

　　破损的关系，如果没等到合适的时机，任何填补都是徒劳。

　　我把所有的赌注都放在了高考上，至少在这件事上，若是能完美收梢，也不失为一次潇洒的谢幕。

　　苦行僧一般的生活，凌晨两点睡，早晨7点起，若是困了只容许自己在课桌上打10分钟的盹儿，上厕所也掐着表，嘴里叨叨咕咕地默念着刚刚复习的古诗词。除了中午去食堂用5分钟吃完一餐饭，早餐和晚餐都是提前买好的面包和牛奶，这样，就不必因为吃饭而耽搁复习和做题的时间。周末，住读的学生都回家了，我竟也不知从哪儿生出的天大胆量，敢一个人住在一整栋空无一人的宿舍楼里学习，没有一丝恐惧。

　　风扇摇摇地转，新买的习题集不断累加着书堆的高度，废弃的笔芯攒成一把，有三个手腕粗。

　　没人跟我说话，我就不说话，我也不需要说话，我有清晰可见且单一的目标——考最好的大学。

生活简单而充实，**朝着目标跑起来的时候，会跑得很快**，只能听到呜呜掠过的风声，杂沓人声被自动过滤屏蔽了，快乐而满足。

然而，在连续三次诊断考试，成绩都一路高飞的情况下，我却砸在了一锤定胜负的48小时里。砸得粉碎，砸得稀巴烂，就像那年夏天，举国震惊的强震，灰飞烟灭，一切夷平，化为乌有。

半年前拒绝保送清华的事，人尽皆知，而现在，能被什么大学录取还是未知数。

高考前一个半月，我患上一种奇怪的病，莫名其妙头晕，闭着眼、睁开眼，墙都在转。心跳格外用力，像是有个粗暴的神经病在捶打着左胸腔，喊着："放我出去，放我出去。"这让我无法集中精力记住历史书上的年份、人名和事件，更无法直视地理考卷里所有公转自转的题目。

爸妈带我去了最好的医院，做完各种检查，也找不出一项表现异常的身体指标。医生得不出病因，被我逼问得没办法，只能随便找个理由，说是脑供血不足，开了一堆安神益气的药，算是种心理安慰。

一日三餐，我都得多花三十秒，吃下一把药片，再喝一管口服液，但无济于事。症状并没有得到减轻，反而雪上加霜，坐在椅子上看书不到半个小时，腰以下的部分便会滞重胀痛，酸得动弹不了。

恼人的身体状况就这样一点点瓦解割裂着我，我感到自己在游戏中的角色血条不停地减少，试尽所有招数都回不了血，直到最后一门考试，交卷铃尖锐地撕裂空气，血条的数值停在零上。

Game Over。

我收起笔和准考证，站起身，知道绝对完了，一切都结束了，没人信以为真。他们把我的抱怨看作具有中国特色的好学生用来自谦的常规伎俩，"我什么也没复习""我选择题做得一团糟""我这次真的考得不理想"，谁信谁犯二。

班主任通知大家回学校领成绩单。

考得好的，装作不经意地将那页纸随性地拿在手上，巴不得被所有人看见，换来一句恭维的祝贺；考得一般的，往往自己看一看，就对折起来放进书包，思索起沉重的人生；考得不好的，大力在空中狂热地挥舞着，这是他们终于得以摆脱学生生涯的宣言书。

那些本以冷脸相向的人，在听闻我意外落榜的消息之后，纷纷带着假模假样的慰问和关心，围拢我。我能想象得出他们的惊喜，想象得出他们纵情快意地言说着我的悲剧。

人群之中，我脸色青灰。尴尬、惭愧、无地自容，说不清道不明的复杂情绪像是辣椒油进了眼，辣得我抬不起头睁不开眼。

糖豆不知从哪儿突然钻出来，不顾那些话音未落的问题，一把拉起我往外冲，像是武侠片里半路杀出的侠义女子。

我们相约去散心。

飞往台湾的航班，装满了我痛苦的绝望，这种绝望来得之深、之强，轰灭的、掩埋的，是在面对背弃，如临深渊，孤傲决绝，咬着牙揢着肉，自己跟自己较着死劲儿，换来的一败涂地。

生活如常，依旧美好，我并非一无所有，但不管如何尽力拼凑欢喜，也凑不出快乐的模样。她知道，比起考试的失利，真正戳中我心脏的，是人心的暗淡。

第五天，强台风过境，大巴在苏花公路上刚走了半个小时，就被落石、断树与塌方拦腰挡住了去路。导游紧急联系着解决方案，大家开始坐不住，接二连三地下车透气。空气抢着咸腥的海风，瞬间清醒了我的昏昏欲睡。浪急潮涌，低沉的咆哮自海底泛上来，来势汹汹。导游放下电话，突然瞄见脱离大部队的我，大叫："别往前走！危险！"说时迟，一个巨浪越过栏杆，劈头盖脸打过来，我下意识一把抓住马路栏杆，往后踉跄了两步，海水进了眼，灌满口鼻。鼻腔的酸涨，卷着海水的苦涩，我歇斯底里地哭了出来。

糖豆冲过来，扯住我的衣角。

"你他妈傻呀，见人就把一颗心掏出来呈上！你他妈不知道到最后这颗心遍体鳞伤，你就没办法爱真正值得你爱的人了吗！"

高考失利在学习上带来的信心受挫在进入大学之后，很快得到纾解，我可以不那么拼命，就考到系里的第一。过去的伤疤，用新的胜利来祭奠，痊愈得尤其迅速。

但在待人处事方面，糖豆发现我迷途不知返，坠得如此惨痛，却依旧几十年如一日，本性不改，心直口快，还一直跌进一个又一个坑里，每次都伤痕累累，从未计较过粉身碎骨。

有段时间，微博上盛传一条鸡汤段子，第一个人从你这儿得到的是一满杯水，但因为伤害而学会了自保，于是第二个人只能得到百分之七十，第三个人就只有百分之五十。可是在我的世界里，不管是朋友还是爱人，都完全行不通。谁来，只要我认定了，得到的都是百分之百。

糖豆一直怀疑我身体里的那些真善美应当早就被透支了，却没想到，它们蓬勃而旺盛，生生不息，复原的速度赛过田野里生长的麦茬。始终热忱，满怀希望，对看中的人和事，都同样炽烈，爱就是爱，厌就是厌，绝不半推半就，含糊其辞，而一旦被欺骗，便绝不回头。

生活剧烈地干预着，不乏暴烈、粗野的手段，想要施加破坏，在无声无息之间，绞碎某些东西。

但那些污浊下三烂，从来没在我这里留下一丁点儿痕迹。

对于一段时期的客观审视，有时必须建立在告别之上。于是，我们在大学以后才再次谈起了高中的那次变故。

当我问及她如何应对心头抉择时，她说，没有抉择，只有原则。原则便是，对于那些不喜欢我的人，仍旧可以是朋友，毕竟只要不涉及三观底线，完全可以求同存异，和平共处。但心底里，却早就设立好了禁区。

因为她知道，这些人，即使现在似乎对她无害，但日后在关系到利益纷争的事情上，一旦双方站在利益的两个角落，他们都具备做出落井下石之事的可能性，因此这些人，绝不能深交。

"难道就没有人非要让你跟我划清界限吗？"

"有啊，试探过几次口风，就消停了。"

"我知道你会死心塌地对我的。"

"我呸，别拉我后腿了。"

也许是太多次的劝说无效，糖豆逐渐习惯并接受我那种不收敛、不按捺、不奉承也从不惧怕得罪谁的做法。我的软肋，她心里一清二楚，知道那些地方即使受过千次伤，也不会生出茧来，抵御再一次的侵袭，这让她始终担心，我对人不长心眼儿，会轻易暴露自己，若是遇人不淑，便后果惨痛。因此，她常有事无事地戳一戳我的软肋，以提醒我，小心防备。

比如，她知道我自尊心强，受不得别人看低，就在我面前，大批量供应批判鄙夷，冷水一盆接一盆，泼得洒脱又利落。

在她嘴里获得称赞的难度，约略等于打麻将连胡十次清一色小七对。

她越是这样，我就越是拼了命想要获得她的认可。

有段时间，我瞒着她做一个项目。中间接连不断的困难超乎想象，感觉是快死了一次好不容易才又硬撑着活过来。事成那天，我得意地拿着成果，站在她面前。

想来这样，如果她狗嘴里还吐不出象牙，也是彻底服了。

糖豆听我把牛吹到天上去，一脸不屑："干吗之前不告诉我？"

"一开始我也觉得不靠谱，这不战胜九九八十一难，来跟你老人家汇报成果嘛。"

"傻×，比起你飞得高不高，我更在意你飞得累不累。"

好多年就那么忽然过去，短到感觉只是邻座的老太太打了个嗝儿。

这么些年，像是一本陈年剪报，厚厚实实，根本不想翻，但里面的每一页，都能倒背如流。

在最深的黑暗里，我跟糖豆涉过急流，越过险峰，在路线庞杂的迷宫里辨识着出口的方向。

　　流言蜚语没能淹没我们，挑拨离间没能割裂我们，以一敌百没能斗倒我们。可怕的是，我们默契得连小吵小闹都没有过，搞得那些自以为会把我们毁灭的人，都觉得难为情，完全没有存在感。

　　时间把我们在对方面前剥得一丝不挂，彼此的底牌都看得一清二楚。

　　就在高三回校领成绩单那次，她一把将我从人群中拽出去后，我俩沿着应急通道的旋转楼梯，爬到了教学楼的天台，蓬松的云朵软绵绵的，罩在头顶上。

　　"听说过'一七二定律'吗？"

　　"什么？"

　　"这个世界上，有百分之十的人，不管你做什么，成功也好失败也好，他们都讨厌你；百分之七十的人，根据你的行动和状态来改变他们的看法，一会儿路人转粉，一会儿粉转黑；不过，有百分之二十的人，不管你怎么样，他们都不会离开你、放弃你，是你人生中不散场的啦啦队，皮筏艇上的救生衣，皮包内侧的防狼喷雾，汽车前座的安全气囊。"

"我知道，你就是我人生里的百分之二十。"我佯装天真，歪过头靠在她细窄的肩头上。像大多数的蜀地姑娘，她的身板娇小柔弱，是男生一眼看上去就燃起保护欲的那种。

"去去去，哪来的自信？这么多年你还没看出来我是那百分之十啊。"

每一段考验都像火焰，噼里啪啦烧掉那些无稽之谈，留下真金一般坚实的后盾。

两年前，我们认识的第九年，相约写下些东西留作纪念。在一顿胡搅蛮缠之后，我如愿收到了糖豆的一篇长文，一看标题我就觉得，姐们儿又要放大招了。

全文如下：

你以为你知道，知道你妹啊！

我说过，除了墓志铭，我不会给你写其他任何矫情的文章。

你只知道昨天晚上11点半，我说电脑没电了于是要洗洗睡了，但是你不知道，我早就决定要睡在床上用这个连智能机都不是的烂夏普，一个键一个键地按完以下每个字。

你只知道初一报到那天，睡在你对面床上的女神经是个很奇特的人，但是你不知道，在同一天，你对面床上的女神经觉得你是个必成大事的人。

你只知道我好挑食，不吃这不吃那，但是你不知道，在你潜移默化的影响下，我能接受的东西已经比小学多了起码百分之五十。

你只知道在初三以前，不止一次听你说起，你妈老是拿我跟你比较，说为什么同样是没命玩儿，我就可以把成绩玩儿好，而你就偏偏比我差一点儿。但是你知道，其实我一点儿也不喜欢她这么说，因为我好怕你讨厌我，不跟我玩儿了，我宁愿不当那个传说的"政史地小天后"（至于后来你的逆袭，此处撇去不谈）。

你只知道初三毕业以后，我给你写了好大几页同学录，但是你不知道，我那个晚自习是如何把它哭着写完，最后晾了晾才给你，因为怕你看出纸上水汪汪的，嘲笑我。

你只知道我们初三毕业旅行去过上海的南京路，但是你不知道，去年夏天我住在南京路，依然清晰记得当年我们走过的轨迹、逛过的店，甚至试过的衣服牌子。

你只知道在高中分班以前，我们四处央求老师把我们分在同一个班，但是你不知道，最后确定下来的时候，我真的比拿到那两千五百块钱奖学金还高兴。

你只知道那年圣诞节我送了你一个让你激动了好半天的姜糖饼干房子，但是你不知道，那并不是圣诞礼物，而是我因为对你感到愧疚而做的一点点补偿，或者说自我安慰。

你只知道我们因为那件事，在工具屋里锁起门来哭了好久好久，但是你不知道，在之前的政治课上，我就已经因为她们俩写给我的一封长信而哭得上气不接下气，只不过前一次是为了我们四个，后一次仅仅是为了你。

你只知道在我们高考失利之后，都很不开心。但是你不知道，我的不开心中，有很大一部分是因为你，并不是在意你是不是去清华北大，而是看到你因为没有去那里而不开心，我也就很介意这件事了，这个逻辑你懂的。

你只知道我们高三毕业旅行在台湾嗨得有多爽，但是你不知道，那一次，我有多么刻意地记下和你在一起的感觉，因为我知道之后的时间，甚至一辈子，我们都不会再有一个六年，可以天天厮混在一起了。

你只知道我一路陪着你经历了除了小学之外所有的坎坷，

但是你不知道，我看到这一切，他妈的多憋屈！真想甩你一耳光，说，你个宇宙无敌大傻×！

你只知道我是你的智慧锦囊，但是你不知道，我有好多东西都是从你经历的事情里学到的。

你只知道我几乎没有表扬过你，但是你不知道，我总是在别人面前表扬你。

你只知道我一直都和你在一起，但是你不知道，这些年来，有多少人想拆散我们两个，你说我是不是很坚挺。

你只知道我说你的女儿叫"奶子"，你说我的女儿叫"月子"。但是你不知道，我已经计划好，我的儿子要叫"瓶子"，而你的儿子要叫"被子"。因为这样，当奶子哭的时候，有瓶子接着；当月子难受的时候，有被子罩着，就像我和你。

你只知道这封信除去空格只有一千多字，但是你不知道，这已经是第四次输入了。

昨晚用手机写过三次，因为手贱，前两次分别在五百多字和八百多字的时候，碰到了退出键。第三次，一鼓作气写了一千四百四十四个字，在两点十分的时候发送失败，又什么都没了。于是在这七个多小时之后，选择用电脑复述按得我指甲生疼的所有文字，除了这一段。

你只知道我们会彼此陪伴，一直走下去，但是你不知道，前面的路究竟还有多长。

终于，这个问题我也不知道了。

我只知道，2002年的初冬，在红育坡顶上旧旧的女生宿舍，熄灯以后的116寝室6号床，我趴在那儿，很认真地，对着黑暗中的你说："嗯，放心好啦，我会管你一辈子。"

九零年代

里则林

　　而我站在人群中，抬头看着天空中闪出来的礼花，照亮了半边夜幕。却并不知道千禧年是什么，也不知道人生中第一个十年，就这样悄然离去。

　　有一天，我从网上看到一张老图片，看到一个小孩脚上穿着一种白色布鞋，鞋底是绿色的，鞋带系成标准的蝴蝶结。突然想起那是一种在九几年的时候，满大街小孩都穿的鞋子。后来经常躺在床上，我会突然想起20世纪90年代。感觉什么记忆都没有，但是又觉得是所有记忆的开始。

　　一九九零年刚开始的时候，我猜我的世界应该是一片黑暗的。因为那时我还在妈妈肚子里。只是不知道当时我有没有为了得以出生而兴奋不已，不过照我的性格，应该是不会高兴别人没经过我同意就让我出生的。

　　不知道是否这股不羁让我妈感到了压力，所以她早产了。

我来到世上，什么都没做，就被送进了保温箱33天；我也没得罪谁，却被计划生育小组罚了7万块。这个数字，让我感到愤怒，因为我想不通为什么我只值7万块。

我在九零年代初期就很潮地上了幼儿园。老师三年里教会了我些什么，我几乎全没印象。只记得一个很黑的小朋友，每天告诉我她今天又用了黑妹牙膏，她说因为她外婆说她也是个黑妹。在幼儿园毕业那年，我穿着塑胶凉鞋，拉着手风琴告别了我亲爱的幼儿园老师。

她曾经在午休的时候，命令一直咳嗽的我不准咳出声来。这让幼小的我非常为难，为难之余，我照咳。她也曾经给过我很多大红花，而且都是粘在脸上的。一九九五年的时候，我站在一个红色的大塑料盆里，让保姆擦干身上最后一滴小水珠，然后打死不肯穿内裤就要出去看电视。

保姆总是趁我看恐龙战队看得入神的时候，为我悄悄套上内裤。恐龙战队重重复复地讲诉了一个情节好几十上百集，每集都会在一个人来人往的街道，突然出现一个外来生物，外来生物看到地球人，感觉很生气，然后弄死几个路人甲乙丙丁。

接着就是五个穿着紧身衣，戴着类似摩托车头盔的战士出现，他们就此展开了一场战斗。

无论那怪物长得如何，身高多少，什么血型，哪个星座，最后都会被恐龙战队打败。而胜利的他们，也总是突然消失，深藏功与名。

我张着嘴巴，简直不敢相信，他们又赢了。

紧接着，我会继续看奥特曼。到最后，同样的，张着嘴巴，简直按比利阿布，奥特曼也赢了。

一九九六年的时候，我开始和楼上的邻居鸡翅敏玩。鸡翅敏大了我好几岁，但是他智商与我不相上下。

我们每天吃饱饭，看完该看的各种儿童片，确定正义又一次击败了邪恶，地球已经恢复了和平的时候，我们会心满意足地下楼，去到小卖部，买放在玻璃罐里，两毛钱一颗圆圆的西瓜泡泡糖。

然后和一大群人围在一起，看他们在地上拍卡片。

那时都是圣斗士卡，鸡翅敏为了一张星矢，每天奋战到全身泥土，两手乌黑。在一个夏天的傍晚，他终于成功。他拿着星矢卡欢呼雀跃，而输掉了星矢卡的那个小朋友，竟然差点哭了。

再后来，鸡翅敏将星矢卡5块钱卖给了别人。他手抓5块钱这样一笔巨款，和我紧张地走进小卖部。

最后我们一人买了一个奥特曼的面具。还剩下一块钱。我们把面具别在脑后，去吃豆腐花，阿姨从一个铁桶里用铝瓢舀出两碗，撒了点白糖在上面，豆腐花在手里像果冻一样颤抖。我们相视而笑，觉得很满足。

一九九七年暑假，《东方之珠》已经响彻了大街小巷，我在路边玩着含羞草，被爸爸叫了起来，他要带我去参加入学考试。

考官说："你能写四个带口字的字吗？"我点点头，写下了"啊，啊，啊，啊。"

考官摇了摇头说："写不一样的。"

于是我把四个"啊"字写得一个比一个大。

考官再摇头，说写四个不一样的字。我才恍然大悟，写下了"啊，吗，啦，呢。"

考官阿姨才满意地点了点头，又让我做了一些算术题，确定我智力正常后，很客套地夸了我聪明。就这样，我进了那所小学。

上小学前夜，妈妈帮我削好铅笔，放进铁制的文具盒。第二天早上，妈妈牵着我去上小学，我内心有点恐惧。

我小心翼翼地问妈妈："一节课40分钟有多长？"

妈妈说：你一直想着它下课，它就很长很长，你高高兴兴听老师讲课，它就很短很短。我是怎样跟小朋友说第一句话，写下第一个字，跟着老师念第一个拼音，我都已经不记得了。只是那年放学，我总是喜欢坐在单双杠上，看远处的老人，在草坪上拾取掉落的木棉花。

老师说："里面有棉，可以拿回去塞枕头。"于是我一直以为，那些长在高高的树上的，就是棉花。

一九九八年，我站在队列里，听着台上一个激情四射的阿姨讲诉着红领巾的来历："先辈们用鲜血，染成了红领巾。"

我满脑子都是先辈们割开一个手指，把血一直往布上滴。一个漂亮的高年级姐姐，为我戴上了人生的第一条红领巾，我们互相敬礼。

后来世界杯来了，每天同学们就跟着乱吼"go go go，哦列哦列哦列~"我总感觉那是我们人生中第一次知道世界杯这种杯，也以为全世界只有一个前锋，叫罗纳尔多。

后来巴西队在决赛输了，我和小伙伴们都有一种淡淡的遗憾。

一九九年，我已经去了上海。在一个"阿拉都是上海银"的地方开始了新的生活。

我坐在姐姐旁边，看她看《将爱情进行到底》，片尾曲《等你爱我》在那年的普及程度，不亚于《最炫民族风》。

而那年还有一首歌也很火，叫作《七子之歌》。一个黑色连衣裙的小女孩，在电视上没日没夜地唱着。

我在心里默默地想，原来除了香港，还有一个叫澳门的地方也回归了。

一九九九年的十二月三十一日，我和家人在外面。路上很多成群结队的年轻人。

那天的最后几分钟，大家已经开始高呼千禧年快乐，也有人高喊着90年代过去啦。

　　而我站在人群中，抬头看着天空中闪出来的礼花，照亮了半边夜幕。却并不知道千禧年是什么，也不知道人生中第一个十年，就这样悄然离去。

　　很多年后，我才知道，那天夜里悄然离去的，是一个作为了我们的标签，而我们却又不熟悉的一整个90年代。

第三章

何当共剪西窗烛

那时，我们还在一起，那时，

我们还期待着一个属于我们的未来，

只是岁月蹉跎了爱情，

让它像一叶轻舟漂过我们的身边，

然后越漂越远，

只是我们还记得当年我们记忆里的

那个画面和那份期待。

你又会为谁停下

陈亚豪

会想起，会思念，但片刻之后，便会回到自己的生活，继续马不停蹄地奔向自己的未来。也不知是摒弃了娇情，还是学会了冷漠。

好友打来电话，告诉我她一个多月前失恋了，我问她现在呢，她说那个男孩已经出国开始了新的生活，联系不到了。

朋友抱怨，为什么大家越来越忙，见一面都难，可等到相见后却发现去年还无话不说的人，如今却已无话可说。

记得每到过年，都会翻出手机里的通讯录，选定人名群发祝福短信，那是每年唯一一次从头到尾看一遍通讯录里的所有人名。每次看都会想起很多过去，很多人留下过太多苦乐回忆，而如今只剩下逢年过节时的一条祝福短信。

中学毕业时，大家喝得迷醉，抱在一起笑青春，忆往事、哭遗憾。可再相见时，只剩下客套的寒暄。大学毕业每个人默默地走出校园，留影合照，说着窝心的告别话，告诉彼此一定会再相聚，结果那些曾经在你时光里留下烙印的人却从此杳无音信。偶然翻到在抽屉里躺了数年的同学录，上面布满了歪歪扭扭的留言，大家稚嫩的话语，天真的祝福，让你看得或微笑或叹息，你看到一个曾经熟悉的名字，默默回忆，却只能自问一句：他现在还好吗？

遇见的人，不一定都会在遇见之后慢慢消失不见。可的确，不是所有的人都会留下。

"我们终其一生寻找的，不过是那个甘愿为你停下脚步陪伴的人"这是以前看的一句话。

逐渐懂得生命的时光越走越短，能真正进入你心中的人越来越少，曾经根深蒂固的情感，也会慢慢剥离根系，从你的生活轨迹中消逝。有一天，你会开始习惯告别，习惯真的再也不见。

派说："我猜，人生到头来就是不断地放下，但遗憾的是，我们却总来不及好好道别。"又有谁没有经历过这样来不及告别的告别呢。

有时还是会突然想起很多人，曾经患难与共的兄弟，曾经敞开心扉的知己，曾经情窦初开对爱情懵懂之时遇见的那些人，还有无数个生命里出现过的身影。只可惜回忆过后回到现实，很多人却再也没有见过，那时以为分离只是人生的一个暂停键，却不知真的就此别过。无论彼此留下过再深刻的记忆，如今也已踏上了再无交集的生活。

我是一个念旧情到偏执的人。过去想起这些人，心中定会有万分的遗憾和千分的不舍，不甘接受这已成现实的形同陌路。总是固执地想找到答案，时光究竟是如何把曾经形影不离的两个人变得陌生得一无是处。为何生命中铭刻过的痕迹会这般浅薄，不过春夏秋冬的时间就会消失殆尽。

可是如今，心中却再也没有那份遗憾与不舍。会想起，会思念，但片刻之后，便会回到自己的生活，继续马不停蹄地奔向自己的未来。也不知是摒弃了矫情，还是学会了冷漠。

村上先生说"从今天起，你要去做一个不动声色的人。不准情绪化、不准偷偷想念、不准回头看，去过自己另外的生活。你要明白，不是所有的鱼都会生活在同一片海里。"

每个人的青春里都曾有过一段纯白的时光，天真的以为友谊、爱情，只要坚持只要彼此相信便会天长地久，无论相隔多远，无论过去多久。可是后来，忽然明白生命很多人只是过客而已，有那么一段时光，每个人都开始感慨生命里来来去去的人，"千万不要去翻你和一个人的聊天记录，一个人从陌生走近你，然后再到陌生"，"你会发现曾经存在而后被理所当然地忘记比从来没有存在过更加悲哀"，"来自陌生的，是昨日最亲的某某"。

中学时的我们被固定的活在一个静远的角落、写自己的作业、考自己的试、做自己的梦，我们唯能维护好自己的小天地，外面的世界再精彩也与己无关。也正因如此，那时我们彼此之间的情感清晰又坦白。

回想起曾经自己为过客的叹息多少觉得有些矫情，可现在想想，青春里，就该有这样一段矫情的时光。有悲伤，爱回忆，念过去。在那样一个懵懂单纯的年纪，伤情是装点生命的勋章，也正因为我们主观承受力无限夸大的非难，才得以拥有过热泪盈眶的青春。

一定要放肆的矫情过，长大后才明白人的情感其实都是有期限的，爱、憎、恨，这世间所有的感情都有期限，过了这个期限，一切都化作似水流年。伤情是因为遗憾，因为不舍，因为对感情长久的天真与痴想，而过了这个期限，人自然不会再这般矫情。过了那个年龄，人也不会再天真，不会再单纯，不会再那般固执的相信。

成长总会教人学会放下与忘记，而曾经那份伤情和遗憾的情愫便是对过往青春最好的祭奠。

青葱岁月，总有一天会无声无息的深埋心海，那些青春里可爱的人也只得挥手别过。而有一天，当我们不再留恋和相信时，也便不会再回头和驻足，每个人都开始自顾自地奔向未来。

你站在二十岁出头，奔向三匝的年龄，从迈入大学的温床，在这看似是青春最后的一站里见识了太多勾心斗角，让人措手不及的无可奈何。大学这个真实的小社会、有算计、有黑刀、有冷漠，有表面的温存实则叵测的内心，有善意的靠近最终残忍的伤害。初来乍到的你还像年少时那般固执地相信真心可以换来真心，可最后却换来的是一次次伤害和失望。你深爱的人突然牵起了别人的手，你相信的人站到了敌人的身旁，而那些你曾付出精力与时间培养的友谊，在白日和黑夜的交替中，也不知为何的慢慢杳无音信。

当你即将踏出校园，第一次直面现实的社会，才开始真的明白金钱、物质、权力的重要。直面社会里残酷的明争暗斗，人善被人欺，实在真诚大多会被充作炮灰。那些从一出生就比你先跑出百米，拥有你这一生拼搏也许都无法抵达的物质条件的人，在社会中会对你肆意的掠夺与压迫，可你却动弹不得。你才开始明白要在社会里打拼的人，尤其是没有背景身无一物的人最好学会表面热忱内心冰冷，最好拥有厚如城墙的脸皮和黑如煤炭的内心。你虽不想这样，可你不得不承认，想在浑水中保全自身或是迈入上层，只得如此。

你发现，身边的人再也找不到曾经那般真挚的朋友，每段友谊都掺杂了利益的成分，每段感情都混入了现实的味道，每个人的内心被物质和权力熏陶，无法躲避的沾染上了铜臭味。再没有人单纯为了你而驻足，即便停下，也只是片刻。他们并非不愿，只是长大后的我们身上背负了太多生活的责任，有着太多的无可奈何，所有人都在提醒我们一定要快点跑，再快点，为了有能力保护自己，为了那所谓的成功与好生活。

每个人都在快马加鞭的奔向更好的生活，没有人再像年少时为你停留，没有人再会静下心来倾听你的诉说，没有人再愿放下手中的事与你尽情的分享快乐。

人生对情感的表达都是从复杂过渡到简单，最后到不愿表达。靠记忆与时间支撑起的过去总有一天会抵挡不住未来前程现实的汹涌。最后不如索性独自走一程，不闻不问。我们逐渐学会封锁起自己，尽力躲开身外一切的无关瓜葛，曾经五彩丰满的生活只剩下自己和未来的前途，这样的躲避或专注实在是一种可怜的自我包裹。

可这又何尝不是成熟之后最无害的一种自我保护和坚强呢。

宇上个月喜欢上一个不错的女生，找人打听到了她的电话，和她聊了几次鼓起勇气表白"做我的女朋友吧"，女孩巧妙地回避了他，之后宇便不再回复，又开始忙碌起来，继续寻找下一个猎物。我问他"你觉得这样好还是不好"，他说"我不知道，只知道再晚些就找不到对象了"，我问"以前的那份痴情和执著怎么没了？"，宇苦笑"因为长大了"。

不知从何时起，我们失去了等待和耐心爱一个人的能力。

可是我们都明白，又有谁会再愿意停下脚步来安静地看看你的伤疤 听听你的苦衷，慢慢地了解一个人呢。

阳去年离开了自己生意上多年的合作伙伴，他们是一起长大的发小，很多人问他有什么事不能沟通非要选择分道扬镳呢。他说"成长的道路上，总会有人快，有人慢，今天我不离开他，日后他也会离开我。"

我对还在感慨为何昔日的朋友都已成为过客的好友说"总有一天你会对他们麻木，并且也开始习惯做他人生命里的过眼烟云。"

你抱怨旁人的虚假与冷漠，迷茫为何再也找不到真挚之人，不知自己的一片真心能托付与谁。你看着身边来来往往的身影，在你生命中肆意而为的穿梭，给你欢笑和伤痛，让你欣喜或难过，可最后都转身离去各奔前程。你只是想要有个人能为你停下，听听彼此的故事，分享彼此的苦乐。

可其实，你又怎会再像年少时那般皆与真心对人，执著于一份单纯的喜欢和相信，宁愿委屈自己也要帮助他人。不该你管的事漠然相对，不属于你的人不再偏执，你预见到了再不奋起努力的悲惨结局，你告诉自己必须努力的向前奔跑，你害怕被他人甩在身后，你终于明白你有你的未来，有自己的路要走。

你开始学会贮藏自己的情感，少一点期盼、少一点失望，少一点偏执、少一点伤害。成长剥夺了曾经那些所有矫情与稚嫩的情感，经历冷却了你身上的温度。你终于学会聪明，不会再对一个人倾其所有，不会再轻易对一个人敞开心扉，不会再为一个人倾注过多的时间与精力。

你长大了，已不是那个可以任意挥霍时间和情感的少年。弱肉强食，优胜劣汰的现实社会，那么多比你优秀的人仿佛有着永动力般不停地努力奔跑。你也要不回头的向前跑，没有时间驻足，没有时间恻隐。你必须把更多的人甩在身后，你虽无可奈何，可你必须如此。

你悲伤为何再也找不到为你停下的人，可你又还会再为谁心甘情愿的停下。

　　终于懂得，人的成长，注定是一场孤独的旅途。我们都要学会一个人度过在生命里的每个寒冬，不奢求别人、不依赖别人、自己来温暖自己，自己来治愈自己、自己来给自己力量和勇气。我们都一样，要学会承受人生必然的孤独与无助，挺过去，才能看见美好和繁华。

　　曾经的我也希望未来的梦想有一群人和我共同实现。前方的路，有人和我携手并进，快乐与痛楚总有人能与我分担。可现在的我不会再奢求，我只会告诉自己，即便一个人，也要像一个队伍一样去战斗。

　　长大后的你，已不再需要很多人停下脚步来陪伴你，终要学会自己来陪伴自己。

　　成长的速度，总要有人快，有人慢，我们无法找到和自己完全同频率的人，也便很难遇到一个能陪你走一生的人。年少时的我们会为了爱的人放弃梦寐已久的大学，只为能继续相守在身边。热血单纯的我们会为了朋友逃学犯错，同甘共苦，只是为了能留住这份来之不易的友谊。可是长大后的我们总会明白，每一个人都有自己的路要走，为了梦想，为了责任，为了配得上自己受过的苦难，我们不可能再为任何人停下自己的脚步，也没有人会再会为你停下。你不必懊恼为何走在前边的朋友不愿停下来伸出手等等你，也不必责怪自己为何变得冷漠不再愿奋不顾身地帮帮身后的伙伴，每个人的成长，无人可以代偿。

这个世上梦想和痛楚都是冷暖自知的事，你慷慨激昂的和别人诉说，说不定你的梦想在别人眼里莫名其妙，你的苦衷在别人看来不值一提。你必须学会依靠自己，最靠得住的永远是你自己，佛陀视寄予他人希望为一种诽谤，所以想要依靠别人本身就是一种罪孽。

不是清高，也不是孤傲，只是厌倦了所有的依靠。

你总会习惯独自去经历和承受，追逐梦想的道路注定是孤独的旅程。每个人肩上都背负着你看不到的责任，每个人心中都藏着你听不到的苦衷。你不能再需要旁人的帮助与施舍，也不必再抱怨他人的冷漠与离去。前方的荆棘，要由你自己来踏平，所有伤痛要由你自己承受。你的人生是你的，你有权利选择，便有义务独自承受一切。

后来的我时常告诉自己"从不依靠、从不寻找、非常沉默，非常骄傲。"

去为你的未来奔跑吧，那个甘愿为你停下脚步的人只会在前方等着你，而不是在过去。

其实我们并没有那么有缘，错过了就不会再见

猫语猫寻

其实我们和我们的朋友和爱人并不是那么有缘的，不联系真的就会疏远，断了联系就此错过可能就再也见不到了。

和之前的他分开之后，我不敢去很多地方，怕回忆是一回事，更怕再遇到他，因为有些时候只需一眼，那自己辛辛苦苦建立起来的坚强城池就会全部塌陷，所有的为走出低谷所做出的努力都将付之东流。现在一年过去了，我开始偶尔光临那些满是我们回忆的地点，不知道该说是遗憾还是庆幸，我一次都没有遇到过他。

曾经在和他的恋爱中，我时常会拿缘分说事儿，把那遇到过的巧合一遍一遍地在脑海里编辑了再编辑，美化了再美化，在我心里，他是和我非常有缘的人，因为我们会在远离家乡的另外一个城市相遇，我们会那么默契，会有那么多的共同点，还有很多我们都去过或者经常去的地方，等等，这些关于时间和空间的巧合包裹着我的思维，让我深陷其中，我很确定那就

是恋爱了，甚至很确定我们不会再分开了，因为我们能够走到一起，是因为缘分啊。可是缘分好像并没有想象中那样的眷顾我，它对我的恋爱好像有些不管不顾，最终只好把这样的一份曾经认定的美好的缘分归类为孽缘，最终变成了一个不愿意回首、沉重不堪的故事。

从那场有点沉重的爱情中走出来之后，我一度觉得我和他也许会在某个时间或空间再次相见，偶然的，随机的，带着缘分的。我的潜意识应该是在期盼的吧，可是我却又是抗拒的，因为那陷入爱情里的痴迷状态着实让自己无法HOLD住自己，所以不再去那些曾经和他一起去过的地方，甚至是远远地隔着几个街区地避开它们。时间可以修复一切，渐渐地我开始释然，觉得就算是再见到他也许不会如自己想象中那么可怕，也许自己可以做到非常平静地面对他，对他微笑。这样的设想让我轻松不少，开始不再避嫌，很自然地前往那些有着某些回忆的场所，做好准备，环顾四周，我不由低头莞尔。我是否又在期待着缘分的眷顾呢？我顿时明白，其实我们并没有我想象中那样的有缘。

想想以前，那些关于缘分的想法，现在看来真的非常牵强，我们是多么的依赖这完全看不见、摸不着的东西啊。是我们看了太多的文艺作品才产生了这种对缘分深深依赖的心理呢，还是我们在自己的心中就把缘分过分的强大化了呢？缘分其实并没有那么强大，它可以把一个人带到你身边，可是却没有办法阻止你把那个人推离你的身边，它更不会把你推离了身边的人再带回你的身边，所有需要缘分来联结的关系，我们没有人可以有恃无恐。换言之，如果一份关系仅仅只靠那缥缈的缘分来维系的话，等待着它的应该就是终结了。

人一直都是不断地成长着的，从对爱情的憧憬成长为对爱情的迷茫，从对爱情的迷茫成长到对爱情的疲惫，所有的成长我们都会把责任归结到各种各样的词语身上，比如缘分，比如机缘，比如运气。可是我们为它们又做了些什么呢？我们觉得只要有缘就会在一起，于是不主动不付出，高高地仰起头保持着自己的姿态；我们觉得只要有缘就会不分离，于是听之任之，不真实地面对问题，不真实地面对TA甚至不真实地面对自己……我们缺少的到底是缘分还是坚强，到底是缘分比较脆弱还是我们比较脆弱？

其实，我们和我们的朋友和爱人并不是那么有缘的，不联系真的就会疏远，断了联系就此错过可能就再也见不到了，我们真的有好好地为上天为我们送上的这些缘分付出过吗？是该想想这个问题了啊，不是吗？

罗湖望不到晒草湾

李荷西

　　　　爱情没有好坏胜负高下之分，爱情就是你我相对或者不
　　相对时，心中都只有在一起的希望。

　　　1

　　她第一次去香港，在罗湖口岸排队办理八达通卡，正站在他的身后。他大概很厌烦晨起，头发蓬乱着，不时地打着不耐烦的哈欠，像处在梦游状态一般，他甚至忘记拿找零的50元钱。

　　嘿，她喊住他，把钱递过去。他接过，淡淡地说Thank you。

　　后来，在东铁列车上，她又看到他，啜着牛奶，看一份报纸。仔细看他，竟觉得面熟，再看依然面熟。她鼓起勇气问："请问你是秉隆先生吗？"

　　他抬起头来，一副懵懂的神情问："秉隆是谁？"

秉隆是她所在公司的服装设计师，大部分时间不在公司。她上班没多久，在公司年会上看到过他一次。公司主推家居服和内衣，秉隆大部分时间都在研究女士内裤。那时她无法想象一个男人每天都想着女士内裤会怀有一种什么心理，但后来，她自己也穿上了秉隆设计的内裤，才由衷地赞叹，秉隆真是比女人还了解女人。

她絮絮叨叨地跟他讲了秉隆的事情，他哦了一下，继续看报纸。

她有些郁闷，觉得自己真是话太多了，所以便缄口不语，低头玩"愤怒的小鸟"。

45分钟的车程怎么会那么慢，她只想快速逃离这节车厢。后来，到站了，他起身，喊了她一声："嘿！"

她抬头，看见他一个巨大的坏坏的Smile：我就是秉隆！

她窘得差点想跳轨。

既然都是要回公司总部，他便携了她一起。兜兜转转地走路，不停地与人面对面遇到又擦肩而过，她心跳一直很快，急急地跟在他身后，换乘，下车，走路，进了太子道的一栋商业楼。

忙了一整天，她要乘晚上的东铁再回到深圳去。香港是个不夜城，她坐在巴士上经过了层层的绚烂灯火，思念起了家乡的小镇。小镇现在应该冻土刚化，田野里生出各种野生的嫩芽。小麦掀开了厚厚的雪棉被，应该有20厘米高了，绿油油的，定是十分喜人。今年会有个好收成吧。

她来自北方农村，父母一年四季面朝黄土背朝天，她继承了他们与生俱来的淳朴。她大三的时候，因为一场事故，父母去世，她就再也没有回过小镇。小镇只活在她的记忆里，灼灼地生着辉，是她能想到的最温暖且安全的地方。

此刻，她坐在巴士上，闭着眼睛，沉浸在思念之中，甚至有点鼻酸想哭了。他的电话打来时，把她从记忆的海水中拉到现实的岸边。她没有他的号码："哪位？"

秉隆先生。

她怎么也想不到他会打给她，猛地坐直了身体，紧张起来。

2

她也曾想活得很恣意。确实，很多如她这样没有牵挂的女孩子，都过得很随性，周身带着爱咋咋的气息。但她没有，她依然是带着淳朴的傻气，待人处世都有点小心翼翼。所以，在接到他的电话后，她想都没想就说了好。按说他算是她的领导，虽然不是直属，但也大她很多层。

他说："来湾仔吃饭。"

她立刻又坐车过海底隧道返回去了湾仔区。

强记的叉烧最美味。他一见她就向她介绍说，好像他们是认识了很多年的老友，偶尔重逢那般。

她坐在他对面，有些摸不着头脑，他为什么要请自己吃晚餐。也许是和她一样找不到一起吃晚餐的人，而又太讨厌一个人坐在喧闹的餐厅里，周围的热闹只会让人的心感觉更孤单。

她也饿了，有些狼吞虎咽。

他话很少，却催促她讲话："怎么不说话，早上看你很能讲啊！"

她脸红了，艰难地吞咽。

维多利亚港就在不远处，海风吹来，她觉得很惬意。吃完饭，他们走了一会儿。他说："饭后百步走活到九十九。特别是女孩子，要注意小肚子哦。不知不觉地它就变大了。"

他走在前，她跟在后面。徐徐地，小步地，谨慎地。很多次她抬头看他，就看到他并不高大的背影，那背影给她凌厉的气息。她，有些怕他。也许这怕只缘于尊敬或者崇拜。而很多时候，爱情也缘于崇拜。

坐捷运换乘东铁回深圳的路上，她用很蹩脚的白话问他：你不是香港人？

他说，我是深圳人。

他大概每周去总部一次，主要是开会。她呢，以后也会每周去一次，主要是送各种文件。纯粹的工作性质也好，上帝的特意安排也好，总之，之后，他们便有了很多次相遇。

相遇一多，便算得上是熟悉。她也说不清自己是在哪个瞬间喜欢上他的，他总是一副懒洋洋的没有睡醒的样子，好几次都要提醒他忘了手机或者包包或者文件。

有时她偷偷看他，他没发现还好，若刚好对上他的目光，她都窘得恨不得立刻遁地消失。他在面前，她心跳总是很快，脸也热起来。

3

　　那个春夜，他们一起从香港回深圳。太晚了，各自困乏竟在车上睡着了。她先醒来，就看见他的头一搭一搭地下坠，就像一架断电的遥控飞机，因为失控而下栽。她很怕他醒来，就用手托住了他的下巴。

　　他还是醒了，睁开眼睛，看着她，不讲话，就那么看着她。他的眼神依然是懒懒的，但慢慢热起来，好像有一团火在烧，烧得她几乎面目都变了形。左手不知道放在哪里，右手不知道放在哪里，眼神也不知道要放在哪里。

　　后来，下车，她说了再见就急急地走，他走在她的后面。出站台的台阶上，他拉住了她：你中意我？

　　她再次窘得想冲向轨道跳下去，奈何他一直握着她的手。

　　然后他吻了她。他只那么一拉，她就在他怀里了。他的吻带着烟草气，味道并不怎么好。但她就是沉沦了。后来，他拽着她上了一辆出租车。他徐徐地说着话，声音还带着困意，她紧张得几乎听不清每一个字眼儿。可是事后那些字眼儿却总是在她的脑海里上演，一遍又一遍。

　　他说第一次见她时觉得她太正经，又太纯真，所以不想动她的，可是时间一长，便有些把持不住。你笑起来特别动人。

　　他说这话时，他们刚刚结束一场床笫之欢。他靠在床头抽烟，她赖在他的臂弯。那话不中听，她便想过滤，可是已然刺耳入心。她穿着不知被多少女人穿过的拖鞋，起身去洗手间，坐在马桶上观察他的领地。一切都乱糟糟的样子。洗衣台上还放着画好的设计草图。洗脸台和镜子都湿漉漉的有些腻。她帮他收拾好了，用纸巾擦了又擦。镜子里的那个她，穿着他的睡袍，头发乱着，眼睛迷茫着，带着一种类似天上掉馅饼的幸福感。可是天上掉的馅饼大多是馊的，而她的幸福感，似乎已经飘走了大半。

　　她对着镜子里的自己说她要把握住他和这段爱情。她要和他有一个结果。

　　她从洗手间里出来，换好自己的衣服，给他一个甜美的微笑说了再见和晚安，然后自行离去。

　　她在回家的出租车上哭了。她有些莫名奇妙自己的眼泪。她的第一次，和一个男人，他们没有任何的恋爱程序而是直接走上了床。这让她觉得有些微微的耻辱，但也有些兴奋。她喜欢他，之前很朦胧，现在很确定。

4

整整一周，他没有联系她。她也没有主动发一个短信过去。很多次，手机握在手里被沁了汗，可终究放下。她知道自己在拿架子，她二十多年来受的教育让她只能拿架子。她做不到嬉皮笑脸地打个电话去：嘿，是我啦！我是谁？就是上次和你上床的那个啦！

她这辈子也做不到。

到了周一，他们又坐同一班车去总部。她过关时，竟然发现他站在前面不远处等她。他看到她微微一笑，竟带着些少年才有的羞涩感觉。他说："感觉和你好久不见。"

她也微微一笑，接过他递来的牛奶，啜进口中。他是想说想念吗？她僵硬了一整个星期，168个小时，10080分钟，604800秒的心，就在他的微微一笑之后，顷刻间融化了。变成一滩柔软的水，灌溉了她的血液，让她周身都温暖起来。她也很想他啊。她很想知道他在那一周中的每一秒钟是怎样度过的。吃了什么，和谁吃的，睡得好么，和谁睡。工作顺利吗，画了多少图？

但她全部压抑了。她只是赞他的黑白拼接开衫说好看。

路上，他如常地看报纸，却不再专心，总是抬头来偷看她，与她对话。她就淡淡地应着，然后她接到他的邀约：晚上一起吃饭。

好。她说。

但是那个晚上，他们没有吃饭。他们直接回了他的家，在饥肠辘辘中吻在一起。

她以为她可以控制的，可是爱情哪由得了控制。她明明讨厌这样的来者不拒，可又明明喜欢死了他的手指、他的唇舌、他的气息。

5

爱情从哪里开始，就从哪里终结。她很怕这样的句子。他们每周在一起一天，不，一天都不到，路程上的3个小时，身体上的1个小时。这就是他们爱情的所有情节。

有一次，他们在床上打闹起来，她被他哈痒笑得无法停止。那气氛是那样的融洽，她感觉到在他身边的幸福。可是当她开玩笑地问起来他怎样设计出那些美妙的女士内裤时，他反问她："你觉得呢？"

　　她觉得他是感受了不同的女人，获得的不同灵感。她没说。但幸福感很快消失，快得她抓都抓不住，后悔得只想撕了自己的嘴。是自己太敏感了吗？是自己不够强悍吗？为什么她感觉她和那些他感受过的女人们没有任何不同，她不是他的谁，连女朋友都算不上。

　　就算努力了又努力，但她的恼火掩饰不住，眼睛先垂下来，嘴角也垂下来，心情倏啦啦地往下坠落。

　　她很快穿衣走人，他也如常一样不劝她说留下来。哪怕一晚。

　　那天她回去后，就病了。心理的脆弱让她的身体不堪一击。她发烧，总是很冷。窝在床角发呆。她想他。她想如果这时他能来一个电话，或者一条短信，她就原谅他了。原谅他对自己的不认真，也原谅自己在这场关系中的失败。

　　可是，他依然是没有任何信息。他在她的生命里，只是短暂的如梦幻一样的存在。梦醒了，是清晰的刺痛感。

　　病好了。她瘦了一圈。身体是瘦了，但困惑却越来越盛大。她只好像言情小说里教的那样，去了美发店，把头发剪短。她从未有过让她如此纠结的情事，她希望那些纠结能像发丝一样被剪去。半个小时后，她就变身成一个美貌的小男孩。看着镜中的自己，她惊奇地发现，难过好像真的就那么少了一些。

6

她最后一次去公司总部。他依然坐在她的对面，就像她第一次见到他的样子，读报纸读得很认真。

途中，他们只聊了一句，他说："新发型很适合你。"她很礼貌地说："谢谢！"

下午公司停电，她收拾东西回深圳。他打了电话过来，说带你去一个地方。她想了想说好。也许这是最后一次他们约会了。第一次也是最后一次，不在床上的约会。

他带她去了晒草湾游乐场，这是他们唯一的一次类似约会。他拉着她的手，一直没放开。她看到许多小朋友，许多人。他介绍说，晒草湾曾经堆放的都是废弃物，可是你看现在它多好，场内的各种设施都是使用的新能源。你相信一个内心堆砌了很多废弃物的人也可以有如此的改变吗？

她点点头说相信，与他拥抱在一起。

他也许是在说他自己，内心不够纯净，做久了playboy，懒得再相信真心？但是他在努力，他在努力接受也给出真心。

她抱了一会儿他，这甜蜜又温暖的怀抱，这个深深喜欢过的人，这个人的脸，眼睛，鼻子，嘴巴，她细细地触摸，记在心里。然后她放开他问：那需要多长时间？一个月，一年，10年，一辈子？

他没有回答，整个人好像也变成了一个太阳能板，仰头看着太阳，久久没有动弹。

这，也许就是他最终的回答吧。

她心里说：我等不了。

之后，他们分开。她独自先回了深圳，当晚就Email了辞职信。

爱情没有好坏胜负高下之分，爱情就是你我相对或者不相对时，心中都只有在一起的希望。他在她已经绝望的时候给她看不到的希望，是多么多余。

那些黑夜里的眼睛，就像时代的萤火虫

里则林

  我曾经见过世界上最美丽的河流，是辛勤劳动的人们脸上的汗水；我也见过世界上最雄伟的山峰，是那些长满老茧却坚实可靠的肩膀；我还见过世界上最美丽的花儿，开在那些孤独却仍然微笑的人们脸上。

  再美丽的地方，也有黑夜。就像再好的年代，也带着一抹黑色。

  小时候老师教我们念："世界它是一幅五彩斑斓的画卷。"长大了明白，再美丽的画卷，下面也必须有一张单薄苍白的纸，承载上面的色彩，但这却不能影响我对这个世界的热爱。

  我上高中的时候，门口有一条热闹的街，上面全是地摊。

  那条街上，一对盲人夫妇，起早贪黑卖着鼠药。他们两个为了扩大范围，在相隔十几米的地方，各摆着一个摊位。那时他们手里各自拿着两块小竹板。时不时发出些清脆的声响。

第一年，我以为是他们招揽客户的手法。第二年，觉得他们是某个秘密组织的线人，在打着摩斯密码。第三年，那天我毕业了。下午我走过那条街，正好经过盲人丈夫旁边，这时他手里的竹板正好响起，紧接着十几米外妻子手里的竹板也响起了，然后丈夫手里的竹板换了个节奏又响了起来。如此反复了几次。这时我看到盲人丈夫和远处他妻子的脸上挂起了一个幸福的笑容。那个笑容温暖，知足，融化在了夕阳下，晚风里。

那是我见过除我的笑容之外最美丽的笑容。

看到那个笑容我才明白，原来这不是招揽生意，也不是摩斯密码。他们也许永远不知道他们头顶上的天空有多蓝，也不知道旁边卖的花有多美，但是，他们知道彼此依然相依相伴，从未走远。他们不像很多夫妻一样，能看到彼此的脸，但是很多夫妻却也不能像他们一样，能看到彼此的心。他们眼里漆黑和生活苍白，却因为彼此的温暖，由黑白变得五颜六色。

那个时候，我不太明白什么是爱情，也许现在也不太懂。只是找到那么一个人，就算有一天你什么也看不见了，你也不会惊慌失措，只要你知道他还在身边不远处。

我曾经认识一个可爱又孤独的老人，住在我家隔壁。家里有个小花园，上海人叫天井，那里种了无数盆花，养了很多小鸟。老人的儿子女儿总不在身边，也许是寂寞，也许是喜欢小朋友，总是叫我们去他家里玩。

　　老人认真地对待每一盆花，每一只鸟，会和它们聊天，还给它们取了名字，而且都能很清楚地记得。那时老人教我种花，但是我天性好动，总是觉得无聊，索性就不去他家里玩了。

　　后来离开上海的时候，老人知道了。那天走的时候，老人急匆匆地端着盆花从家里跑出来，摸着我的头气喘吁吁地说："小泽林要走了啊？"

　　我点头。

　　老人说："这盆花送给你，我给它取了个名字，叫小泽林。"

　　我看着那盆黄黄的花，竟然是我。也许受老人的感染，我日后变得很黄。这些都是后话了。

　　那天妈妈说坐飞机，这个实在带不了。老人有点沮丧，过了一会儿说："那我把小泽林养起来，等你以后回来，花就长得和你一样大了。"

　　我傻傻地笑了。我觉得老爷爷骗了我。我说："花怎么可能和人一样大呢？"

老爷爷调皮地对我眨眼说:"那要看花匠是谁了。"

我跟在妈妈后面走了,老爷爷在后面,左手捧着花,右手做着我教他的"拜拜"的手势,眼神里有不舍。苍老的手臂和头上花白的发丝,成了我对他最后的记忆。

后来长大了,我除了想念老爷爷,也想念小泽林。时常脑海里出现那个时候老爷爷对着花草说话的情景和冰冷孤独的生活。老爷爷可爱善良,总让我觉得感动。我为那时嫌老爷爷教我种花太闷,不敢去他家里而感到内疚:他的家里有无数的花和小鸟,也许那时我再聪明点就会明白,老爷爷多么需要陪伴。

我楼下有个保安,那时我刚刚从外地读书回来的时候,总是在门口拦住我,问我住在哪。我想了半天,告诉他门牌号,然后他又叮嘱我,下次记得带门卡刷卡进来。

但是我就是懒得带,而那个保安是执著的,非要拦着我。终于有一天,我忍不了了,和他吵了起来。保安毕竟不敢跟住户吵得太过火,最后憋红着脸,礼貌地对我说:"这个的确是规定,没有卡必须要询问,如果不这样,谁保证你们住户的安全。"

我冷笑一声,直接走了。

那天下午我走在小区里,看小朋友跑来跑去。这时门口传来辱骂声，我一看，是一个大叔在骂着那个保安，那大叔和我一样，是个不喜欢带卡的住户。保安被骂得狗血淋头，我看到他眼里的委屈和无奈，突然觉得自己很过分，因为透过那位大叔，我看到了自己。那时候天气很热，保安穿着制服，一头的汗水，我们穿着短袖都受不了，更何况他们呢？

那天下午我带上门卡，在门口的超市买了两罐可乐，然后刷卡进了小区。我笑着拿手上的卡对着保安晃了晃，保安有点不明白，尴尬地笑着说："对了嘛，你们出入带卡，大家都方便。"我把可乐给保安，说："不好意思啊。"

保安坚决不肯收，我说，你那么小气啊。

保安挠着头笑笑，有点受宠若惊，然后接过了可乐放在一边。

后来，那个保安每次见我都对我笑。

昨天下着雨，天很冷。那位保安站在门口，抹着脸上的雨滴，大家都在忙着准备过春节了，而他依然站在那里。

我远远看着他，我想他一定也有自己的亲人，有父母和孩子。为了他那些家人们不用在寒风中、烈日下像他一样站着而努力地站着，年末了，他心里的苦楚和委屈，也许只能融化在这一个信念里了。

　　我曾经遇到一个小男孩，他每天下午6点会准时到他爸爸的小推车那，他爸爸是卖山东煎饼的。我经过那个地方的时候经常会看到小男孩，他茫然地看着人来人往的街道，茫然地看着人来人往，眼里总映射出一般孩子所没有的孤独。他偶尔自己在旁边玩树下的小草，偶尔趴在一张塑料凳上写作业。晚上九点多十点的时候，他困了，就枕着小书包睡在爸爸手推车旁的一块硬纸板上。我时常经过他身边的时候总是看着他，他也看着我，然后我对他眨一下眼睛．他却马上看向别处，仿佛害羞一样。

　　有一天晚上，有个中年男子经过，小男孩的爸爸不小心把面糊溅到了那位中年男子的衣服上。中年男子大发雷霆，指着小男孩的爸爸开始骂。按照我国的传统和习俗，这瞬间就吸引了大规模的围观群众。

　　按照中年男子的说法，这里本来就不准摆摊，摆了摊还要那么不小心，还要弄到别人。小男孩的爸爸很窘迫，一个劲地道歉，脸上尽是无奈和委屈。我透过人堆看到小男孩，小男孩眼里满是惊恐和无助，紧紧地抓着爸爸的衣角。

　　后来中年男子终天骂舒服了，走了。小男孩的爸爸一个人默默地坐在凳子上，也许是在儿子面前丢脸了，也许是心酸和委屈。小男孩站起来，在后面轻轻地拍着爸爸的背。小男孩的爸爸摸着小男孩的头，在远处我看到爸爸嘴里说着什么，也许在安慰小男孩，告诉小男孩他没事。

　　那时候我正好走到了后面，我扭头过来，看到小男孩爸爸落寞的背影，看到小男孩爬到了爸爸的腿上，然后抱着爸爸的脖子，脸对着我。小男孩就那样安静地看着爸爸，手轻轻拍着爸爸的背，眼睛里一扫往日的孤独，有的只是心疼。那一刻，我觉得心酸又温暖。只是突然，小男孩的眼睛竟然一滴一滴地流出眼泪来。小男孩咬着嘴，也许在努力忍着，不让爸爸发现，手不断交替着擦自己的眼睛。

　　我想，有没有老师教这个小男孩念过"世界它是一幅五彩斑斓的画卷，上面有蓝色天空，绿色的地，金黄的麦田上跑过一群鸭……"

　　我曾经见过世界上最美丽的河流，是辛勤劳动的人们脸上的汗水；我也见过世界上最雄伟的山峰，是那些长满老茧却坚实可靠的肩膀；我还见过世界上最美丽的花儿，开在那些孤独却仍然微笑的人们脸上。

　　有很多人就像这个时代的萤火虫，卑微，孤独，不被人所理解，不为人知，没人注意，但他们彼此温暖。每当你的黑夜来临，他们总会扑哧扑哧地飞在你面前，带着自己小小的亮光，在这个无边的世界里，哪怕只温暖和照亮了一平方厘米的地方。

　　黑夜里，他们的眼睛，就像萤火虫一样美丽。

最后，我们没有在一起

小岩井

把最好的祭留在回忆里。
不来相而来，不见相而见。

——《维摩诘经》

也许是大团圆的结局看多了，那些最终遗憾分开或悲伤结尾的电影小说反而印象更为深刻。

我们身边有好多无疾而终的感情，看着那些猜不到剧情的走向，觉得人生真是如戏，剧本却是断断续续。

1

苹果姑娘和刘小黑在日本留学时相识，不痛不痒的学长学妹关系维持了半年。直到一次苹果生日，小黑哥不胜酒力醉后表现得非常可爱，与平时大相径庭，真心话大冒险的游戏中说出的秘密和往事也令人唏嘘感动。苹果就这么爱上了小黑，在朋友的鼓动下很快在一起。

两个简单快乐的人，一起自修一起打工，他们不住在一起，但经常串门。她做饭他洗碗，他陪她看美剧，她陪他玩游戏，有次去苹果家吃饭，苹果做菜小黑张罗，俨然一个小家庭氛围。忙碌时，小黑在背后轻轻撩起苹果鬓角的发丝，相视而笑。令我们大呼看到他们马上有谈恋爱的冲动。

这样的小日子过了一年，苹果在家里安排下去了美国加州读书，小黑也考入了当地的大学。

两人在各自的世界努力，时而能在朋友圈里看到小黑去美国，苹果来日本，晒着幸福的合照。

我的日子在碌碌中翻过，转眼又是一年。某个深夜爬起来看朋友圈。苹果和小黑同时发了一条信息，"最后，我们没有在一起，我依然祝福你。"配图是那年夏天晚上两人猜拳的时候灿烂的笑颜。

我微信问小黑：为什么分手了？

小黑淡淡地说：成长的步伐和环境不同了，我们没有在一起了，但我依然喜欢她。我们没有在一起，也并非不好的结局。

　　而苹果那边，也非常释然，他们之间没有对错冷淡，只有对未来的期冀与负责，对对方的尊重与祝福。

　　两个简单知足的人，爱来了干脆明白地相爱，爱远了清楚真诚地分开。真是值得敬佩。

　　分手后，依然是朋友，也许，未来还有各种可能，我期待，他们的爱情剧本没有完。

　　如果说不难过，那肯定是假的。小黑说。但许诺不了未来的甜言蜜语，我做不到。我能做的，就是为这份美好的感情更加努力，以更好的姿态迎接未来的可能。

　　关于爱的回忆里，没有悲伤，悔恨，不甘。

　　这样的爱情，不需要遗忘，也没有遗憾，有的只是可供一生汲取的温暖，以及走下去的勇气。

　　真正的爱里，没有遗憾。

　　2

　　我曾有段异国恋，对方是个活泼的日本女孩。

和她相处的每一刻都是快乐的，但我却又发自灵魂的清醒自知，明知道结果却依然想走下去。

这种爱，就像燃放烟花，一瞬绽放，便无所踪。短暂而绚烂。

我认识她的时候，已经决定回国，甚至办好相关手续。谁知一场不期而至的旅行却带给我最不舍的回忆与留恋。

真的有些人，让你相信人是有上辈子的，不然为何一相见就可以自然而然跳过试探、了解、熟悉的人际程序直接成为那个直达灵魂的亲密之人。

假期结束后，她要远走追梦，我要回乡打拼。

虽然我们有无数次想留住对方的冲动，也曾臆想过结婚的生活。但心中还是清醒的明白，相忘于江湖，才是最好的安排...

每个人都期待，早点遇到真爱。只可惜我们都告别了幼稚，冲动的爱。

最后，我们还是没有在一起。

当我把故事写在网上的时候，观众都为我可惜和祝福，但我不遗憾。

有些人太美好，有些事太纯粹。就像爱上一座山，恋上一片海，那宽广而深邃的爱，长忆长在。可是你能拥有一座山一片海吗？

留住心爱的人，不一定能留住心爱的感觉。

当世事无常跟你微笑地开了玩笑，你应该深深鞠躬，表达感谢，留给世界一个背影，你走你的，与它且歌且行。

不再贪恋一时的欢愉，我们可耻地长大。

3

在学习晏殊时，看到一句形容为相见争如不见，有情还似无情。顿觉心被揪了一下，一查之下，却是司马光一首词。出自宋代司马光的《西江月》，全文是：宝髻松松挽就，铅华淡淡妆成。青烟翠雾罩轻盈，飞絮游丝无定。相见争如不见，有情何似无情。笙歌散后酒初醒，深院月斜人静。总有些词句，一下打进你心里。

与每个人的缘分，每一段珍贵的感情，都有它的意义，在心中埋下种子，伴随我们悄无声息走下去，待到灵魂春暖花开，砰然绽放……

当你需要一个拥抱，而有人提供了这个拥抱，这是因缘果报，当存善念感怀于心。

佛说一切无常，不要贪恋，应无所住，而生其心。

我们喜欢上一个人，生出欢喜心，这本身已是莫大的福报与得到，若一味只想着得到变成了痴念。

这痴念久积不去，便着了魔。社会新闻屡见不鲜，分手之后执念不放，最后情杀爱人自我了断的悲剧。欸……世间多少痴儿女，不懂爱却偏要爱，自私地想要天长地久。

人一生不断生执著心，不断为执著活，而最后又不断学着放下执著。

佛经翻译众生为有情众生。从人认识情那个字那天开始，一生都为情字绕。

我们都会孤独的走一条很长的人生路，在这个转角你遇到一个人，你们相互陪伴着，往前行。在下一个分岔路口你们却去往不同的方向，不用太悲伤，带着ta给过你的记忆继续往前，没有人会陪我们走完所有路，人总会孤独，但是那些记忆里的温暖，那些点点滴滴的爱会始终陪伴。

第四章

人生若只如初见

我相信生命中这些被安放在别处的过去，

在我老去时一定会变成一个个色彩斑斓的画卷，

背叛也好，疼痛也好，

生离也好，死别也好，

都不过是那幅画卷里不同色彩的一笔，

这十年里我可能不敢想起他们，

可也许再过十年，

我再想起他们时，

会露出微笑，

会细细地回味那被我封存的点点滴滴。

你是来搞笑的吗？

有些相遇就是如此奇特，原本你以为那只是个单纯的喜剧，没想到还是个反转剧！

小腹姐是我姐的一位同事，年近三十，宅腐吃货属性，善吐槽，冷幽默，摩羯座。

每次一起吃饭聊天，听她说话讲故事就会不敢喝水，因为她冷不丁来两句就会让人捧腹大笑。

因为她经常拿自己的小腹开玩笑，说有一次坐公交坐她面前的一个小男生突然站起来问她是不是怀孕了？她笑笑，然后坐下了，然后转过头说，哦，我怀的是胖，谢谢！

所以，大家都笑称小腹姐，即使现在并不胖了，众人也改不掉称呼了。不知道的人往往以为她姓傅，每次客人一喊傅小姐，全场憋笑。

到年底了相亲就多，小腹姐相亲也是老手了，我们严重怀疑，她相亲就是为了找吐槽发泄的，每次相亲都没什么结果，倒是饭桌上又多了一个搞笑的话题，让我们感慨跟她相亲的男士都被做成了段子，真是不容易哈。

这次吃饭的时候，小腹姐标志性的开场又来了：上周我去相了一次亲……

全场都兴奋了，眼睛发光盯着她，充满听相声的期待，停下了杯子，摸好了肚子准备听段子。

我老娘这次竟然给我拉了个浙大博士，还他喵的是我最恨的物理学博士。当年老娘物理学及格的次数一只脚都能数出来，我想这次好嘛因果轮回，当年对物理课的怨气总算有个归宿了哼哼。

相亲在一家咖啡馆，博士先生早早坐在那边，我远远那么一瞥，哎呦真是真人不露相啊，坐着沙发椅子都能把头挡住了这得有多矮啊，看来在物理学博士面前我果然是抬不起头的命吗？（小腹姐169cm）

坐下来定睛一看，哎呦，长得倒不抽象，就是想抽两下。你们看过周星驰的《功夫》吧，就是里面电车上那个眼镜仔的形象，金框眼镜扑克脸，前额露出，头发后梳，一脸我是精英服不服的×样。

你完了，我心想，老娘今天不让你吐血三升而回就跟你姓！

一坐下，那人就跟面试官一样，面无表情道，你是×××吧，我是××，我的情况你应该已经了解了吧……

还没说完，小腹姐微笑道，除了名字外都不是很了解欸，比如你多高，近视几度，我169吧，双眼都是5.1，你呢？

……

博士先生淡定地喝了一口咖啡，艰难地回道，167……不过男人的高度在于其思想的深度，男人的广度在于其知识的厚度，这话你认同吗？

呵，果然不服软啊！我马上呼应：认同，所以女人的高度在于其胸围的尺度，女人的深度在于其床上的耻度，这话你认同吗？

博士先生又淡定地喝了一口咖啡，自以为没被发现瞟了一眼我的胸部，我故意昂首挺胸，他慌乱得咖啡差点掉下。（我们都笑抽了。）

好不容易镇定下来，他清清嗓子说："你跟介绍人描述的不太一样哈。"

"难道她跟你说我温柔娴淑岁月安好，是一朵散淡的女子吗？"

"那倒不是哈，就是说你有些胖，我看不胖啊！"……

说实话这话倒挺受用的，不管他是不是真心，但我是抱着炸碉堡的目的来的，怎么能给他正面回应，马上说："你觉得不胖是因为眼睛重点放错了吧！"

博士一口老气差点呛死。好不容易平静下来，咖啡馆的人都偷瞄了过来窃笑不已。

那么……你平时都看什么书呢？

脸书。
脸书？
facebook你不知道啊？
facebook是书吗？

book不是书吗？

这不一样吧。

金鱼是鱼吗？

是……等等……

斑马是马吗？

是……不过……

熊猫是猫吗？

是，啊不是！

哈哈哈，逗你玩呢，放轻松。

博士被抖出一身冷汗。

有没有纸质的正常的书？你懂我意思……

有，那必须的，我一看就是文艺女青年不是。像什么弗洛伊德的《梦的解析》、亚当·斯密的《国富论》《时间简史》《顾城的诗》《金刚经》什么的我都看过……

博士一下眼睛冒光了，《时间简史》这种物理学的你也看？！

对，一视同仁，全都只看过封面，没看里面。

（对了，这个时候坐我们隔壁的小情侣突然就笑喷了。）

博士一下脸就囧住了，苦笑说，你真幽默。

对了，听说你现在是教授？

博士一下又散发光彩了，笑说，副教授，副教授。

教授的受是哪个受？

嗯？提手旁加受力的那个受啊……

哦，用手的小受……（旁边姑娘噗的又笑喷了，博士先生一脸茫然。）没事，你们系怎么样？

喔，学生都很聪明可爱，跟我关系也不错哈。

有女生吗？师生恋什么的多带感啊！

没……物理系本来女生就不多哈。

哦……所以才没有女朋友吗？

那倒也不是……我是读书的时候太专心学习了，没有那心思，我很热爱我的专业，很有乐趣。

这话的意思是不是说如果你有心思谈就会有女朋友？我也常说如果我想减肥就能瘦呢……

……博士憋了半天不知道说什么了。

放轻松，放轻松，别搞得跟面试似的。话说你真的没谈过恋爱？

这个……看你如何定义恋爱了，如果恋爱是指双方在情感上曾有过相互作用力，那是有的……

哦……我明白了，也就是说身体上的相互作用力，那是没有的？

……也，也可以这么说……

柏拉图啊，你好纯情啊！那这么多年怎么过来的？

呃……什么意思？

大好青春，热血膨胀，没有姑娘你是怎么熬过来的？

其实物理学很有意思的，科学和知识陪伴我走过青春。

你说的相互作用力的恋爱对象不会是指物理学吧？

不是……是人，女人……

那你们为什么没在一起呢？

我们对于一门学科技术的发展有分歧，于是她去了别的实验室……

我去，学霸的世界真可怕。那如果我跟你在一起我喜欢吃辣你喜欢吃甜就要分手了？

其实，我也喜欢吃辣……

我说如果！

那你吃辣的我吃甜的，这又没关系。

那我做的菜全是辣的呢？

其实我比较擅长做饭，也喜欢做饭……

嗯？

嗯……

好吃吗？

好吃。

真的好吃吗？

我打工的时候还做过厨师……

……那个……你什么时候来我家做饭？

……

……

……

博士扶着眼镜都掉下来了。那个……你是在搞笑吗？

故事说到这，大家已经笑成一团了，小腹姐淡定地喝着红酒，说，到这了，你们可以喝酒了。我们笑着讨论着内容，这时小腹姐的电话响起了，"嗯嗯，好的，什么电影，《地心引力》，听说不错。对了，你要再敢看电影时跟我讨论物理问题我就抽你！好的，等我一会儿，马上来。"

在大家一片震惊的眼神注目礼下，小腹姐淡定自如道："对了，没讲完。然后我对他说，你脾气很好很贤惠，本姑娘很中意你，你要愿意就给我做饭，不愿意咱各回各家，我不是来搞笑的，我是来找对象的！"

大家反射弧一下都反应不过来，但随即便是一片欢呼掌声祝福，这结局太出人意料了！以为是个单纯的喜剧，没想到还是个反转剧！收拾完东西小腹姐出门时回过头，说了最后一句：突然想起，那傻×跟我同姓！

爱情不过是生活的屁

蓝色海上有麦田

双手合十的胡小鱼望着大殿里的菩萨，很想问问爱情是什么，菩萨却一直笑而不语。

摘掉耳机，胡小鱼把广告轮播那一轨的推子推上去，抬头一看时间是23：55。透过玻璃看见刚才还沉浸在中世纪民谣悠扬的旋律里睡得酣甜的导播小刘猛然醒过来，"哎！小刘啊，我看你最近怎么总是愁眉苦脸的？嗨！别提了！得了痔疮疼得慌啊！去仁爱肛肠医院啊……"每次小刘听到这个广告，胡小鱼总能在直播间看见他愤怒的表情，嘴里嘟囔着一些骂骂咧咧。

胡小鱼站起来伸了个懒腰，两个小时的节目除去报时、广告和片花，其实说不了几句话，但是准备起来却不轻松。她现在每周只上两天节目，一个是欢脱轻松的音乐档，一个是周末的午夜情感档。她的声音伴着音乐穿越黑夜流淌到城市里每一部开着的收音机里，但从来不知道电波那头的听众是用什么心情在听。

　　走出电台小楼，胡小鱼和小刘简单聊了两句晚上的节目。小刘说我开车送你吧，她微笑地摆摆手，一个人朝着反方向走去。入夜的城市街道空旷得有些凄凉，最孤独的莫过于道路两岸的路灯，胡小鱼走在风景里，清瘦的背影给这一抹凄凉的雪上又加了点霜。回到公寓，锁了门，开了灯，把外套脱掉随手扔到一边，重重地卧倒在沙发里，甩掉靴子揉了揉脚踝，胡小鱼用力按了一下电视遥控器，好让屋子里有点动静。这是独居人的一种普遍的习惯，不知道是对抗恐惧，还是对抗孤独。

　　公寓里的煤气热水器要先开一会儿才会热起来，她习惯性地把手机打开豆瓣FM放进吃海底捞送的塑料袋子里搁在角落，然后褪去内衣走到花洒下面，用热水冲掉身体的疲惫，但是音乐却没这么好心好意，偶尔会在她的小心脏上毫不留情地捏一下。"港岛妹妹，你献给我的西班牙馅饼，甜蜜地融化了我，天空之城在哭泣。" 李志沙哑的声音让胡小鱼一下子陷入了回忆，她对着模糊的镜子看着28岁的自己，深深地叹了一口气。

　　胡小鱼大学的时候和一个乐队的贝斯手谈过恋爱，贝斯手留着中分，都快到了"长发及腰娶你可好"的程度。她不喜欢主唱，因为主唱经常在每首歌中间说一些装×到要死的废话，比如什么"永远年轻，永远热泪盈眶"；她也不喜欢吉他手，因为吉他手睡过的女生太多了，不是有一句歌词："搞姑娘又不只搞她一个，你嫁给他干什么呢？"；她更不喜欢鼓手了，因为鼓手是个胖子，每次打鼓的时候胸部总会跟着节奏颤抖，目测都快有C了，胡小鱼这样的飞机场少女可不能忍。

有一次，贝斯手给她弹了一首歌，胡小鱼喜欢得不行，用少女特有的花痴表情问他这歌谁唱的。贝斯手说李志，圈子里都叫他BB，牛×到不行的民谣歌手。贝斯手说他因为某些原因从不来北京演出，不过年底在南方有跨年演出，问她要不要去。胡小鱼当然一口答应下来，然后回去费了好大劲下到李志的歌每天单曲循环。贝斯手为了把两个人的路费挣出来，要去夜场炒更，胡小鱼差点当场飙泪，觉得这个骨瘦如柴、脸色蜡黄、胡子拉碴的青年此刻是这么的帅气逼人，于是辛辛苦苦去做了半年的家教。

年底的时候，胡小鱼去银行把半年挣的钱取了出来，加一起有一千多块，兴奋地骑车去乐队的出租屋。她是乐队成员女朋友里唯一很少去出租屋的，她有一把备用钥匙。她想用这半年的辛苦积蓄来见证和贝斯手的爱情，幻想着两个人坐在开往南方的火车上，吃一碗方便面加火腿，再来瓶青岛啤酒，看着窗外的树林和稻田，那该多浪漫啊！打开门的时候，胡小鱼看见地上有两双鞋，一双是贝斯手的，因为她认识，一双是百丽的女式船鞋，估计是吉他手女朋友的吧。再然后，她听到了一些窸窸窣窣的声响夹杂着女生特有的声音，就是那种只在特定场合才会发出的声音。胡小鱼推开贝斯手房间的门，看见脏得发黄的被子在规律地运动着……她紧紧攥住手里的一千多块，大声喊出贝斯手的名字，后面加了一句：你王八蛋！摔门而去。

胡小鱼在12月的北京哭得那叫一个惨烈，周围的人都用异样的眼光看她。她一个人去了火车站，买了两张12月30日晚上从北京到南京的卧铺。到演出现场的时候，李志唱出：

"我想回到过去，沉默着欢喜，天空之城在哭泣，越来越明亮的你。"然后挥挥手，全场几百人就一起缓缓合唱起来。

胡小鱼一个人站在角落流着眼泪，她不想涌进人群，因为那里有太多相爱正深或者貌合神离的情侣。李志说得对：爱情不过是生活的屁，折磨着我也折磨着你。她转天去了夫子庙邮局，拿出两张火车票，在没有检票的那张后面用力地写上一行字："我再也不相信你和爱情，后会无期。"然后贴在一张明信片上寄回了北京，另外一张火车票跟着三炷香一起放进栖霞寺的香炉里。双手合十的胡小鱼望着大殿里的菩萨，很想问问爱情是什么，菩萨却一直笑而不语。

水温渐渐降下来，胡小鱼这才从记忆里回过神来，又一次听到这首歌，她心里五味杂陈，恍若隔世，她想下周的节目选题就叫"天空之城"。胡小鱼当时不知道这首歌写的是偶遇的爱情，而这个年代偶遇的爱情和约炮一夜情又有多大区别？她早该知道贝斯手骨子里是浪漫的，只不过男人和女人对于浪漫的诠释大相径庭。爱情，在这个年代，到底有多难，或者说，有多难得？她心里也没答案。

到了这个年纪，七大姑八大姨各种亲戚朋友隔三差五就会给胡小鱼安排个相亲。胡小鱼一开始很抵制，觉得两个素昧平生的人点上一壶花果茶面面相觑本身就很可笑，遇上个健谈的还行，要是遇上闷罐子，不知道要尴尬到什么程度。后来，有个年长几岁的同事姐姐跟她说你就当是做一次采风不就得了，看看这世界上形形色色的男人，每个人的故事都不一样，感觉行就再约，感觉不行就say goodbye呗，也不会再有什么往来，一般来说你又不用花钱，晚上拿出一个半小时就行，反正你回家也是一个人。

这个年长的同事姐姐是有目的的，想把自己一个同学的弟弟介绍给胡小鱼，她答应了。一个周末的下午，胡小鱼睡饱了起来好好打理了一下自己，上了点淡妆，摘掉眼镜戴上美瞳，整个人都精致了。胡小鱼还是有些姿色的，只是姿色这个东西会随着岁月的年轮慢慢打折扣。胡小鱼的工作性质导致她平时日夜颠倒，下了深夜档节目后都要一觉睡到午后。换上一身茶色长款大衣，胡小鱼走在北京的深秋里，感觉天蓝得有些残忍。胡小鱼也说不清楚自己这次见面到底抱个什么态度，好像更在意自己的样子，但却对相亲对象的情况基本没怎么听，叫什么名字、从事什么行业、个子多高、胖不胖、哪里人，一概没有细问。

鼓楼后面有个雕刻时光，坐落在一个二层小楼里，里面坐着捧着咖啡杯闲来无事的人们，还有一些对着笔记本电脑一边敲字一边咂一口拿铁的人，仿佛要是不带个Mac pro刷刷微博就不好意思坐在这儿一样。胡小鱼给那个男人打了一个电话就上了二楼，窗边坐着一个运动装扮的男生，不胖不瘦刚刚好，短发干净利落，见到胡小鱼礼貌地站起身来打了个招呼，

"我不知道你爱喝什么，就随便给你点了个美式，不介意吧？"胡小鱼微笑着说没关系。

两个人聊得还算开心，而且有许多共同爱好。男孩叫张平，在一家体育杂志社做编辑，平时就喜欢运动，特别是跑步。胡小鱼问他为什么，他说你看过王家卫的《重庆森林》吗？里面的何志武在失恋的时候就喜欢跑步，因为跑步可以蒸发身上多余的水分，就不会再伤心流泪了。

胡小鱼心头一惊，《重庆森林》曾几何时是她心中的经典，最喜欢的一个镜头就是梁朝伟喝着咖啡若有所思，王菲趴在店铺柜台上深深地凝望他，背景音乐是《梦中人》。她隐约觉得和这个男人可能会发生一点什么。

两个月过去了，胡小鱼和张平不间断地联系着，偶尔会一起去蜂巢剧场看一场孟京辉的话剧，然后打车到簋街吃麻小。

胡小鱼觉得和他在一起还算轻松，音乐节目越发做得风生水起，就连深夜情感档都能在读完听众来信后咯咯地笑出声来。一个潮湿的下午，胡小鱼从张平家的淋浴间出来，裹着浴巾钻回被窝里，问他：你能不能给我讲讲你以前的恋爱史？张平偶然蹙了一下眉，点上一支烟，"你真想听？"胡小鱼把头埋进他的胳膊里，看着张平说，真想听，而且想听实话。

张平今年34岁了，其实如果不出那次意外，估计现在孩子都可以打酱油了。张平以前谈过一个女朋友，典型的中文系女生，夏天的时候一袭白衣飘飘，手里捧着本书走在校园里总能赚到不少的回头率，张平那时候是没头脑的愣头少年，没成想毕业后来到了同一家杂志社。那些年本科生找工作还没有那么夸张，两个人本来在学校里就算是点头之交，来到北京工作还能在一起，张平觉得挺高兴。那一年的姑娘生日，张平骑着二八大梁自行车来到姑娘家楼下，给她打电话说你在家的话就从窗口往下看看，我给你买了一个蛋糕，祝你生日快乐！姑娘感动得不行，坐在自行车的后座上靠着张平的后背，两个人顺着长安街就这么漫无目的地骑着，一切都是那么简单美好。

一年后，张平和姑娘回老家见了她父母，很自然也很顺理成章。姑娘说张平你准备什么时候娶我？张平那时候的工资才4000多一点，付完房租基本就只剩下吃饭的钱了，家里也不算富裕，想在北京买套房子，就算是当时的房价也比登天难。张平

说，亲爱的，我下半年准备换工作，咱俩刚毕业不久，事业才
刚开始，我们再奋斗几年行不行？为这件事，两个人吵过不知道
多少回。张平不是爱吵架的人，遇到这种情形往往选择沉默再沉
默。两个人冷战了半个月，过年的时候姑娘来他家，临走的时候
外面下起了雨，张平把姑娘送到楼下说，你把这把伞带走吧，姑
娘最终也没有，坐上出租车扬长而去。张平回来后收到了一条短
信：你还是不想娶我对不对？张平坐在窗台上发呆，抽着烟看着
外面的雨凝结成了雪，拿着手机一个字也没有回。

过了半年，张平有一次和哥们儿喝酒，哥们儿起身上厕所手
机来了一条短信，内容自动显示出来，大致意思是：锦江之星吧，
或者桔子水晶也行。手机号是那么熟悉！张平喝多了，一拳挥在哥
们儿的脸上离开了饭店。那天也下了雨，打在脸上冷热交加。

张平和胡小鱼说，从那天开始他就再也不相信任何人，
什么狗屁爱情？什么狗屁哥们儿？在赤裸裸的现实面前都是扯
淡！胡小鱼问那之后呢？张平狠狠地掐灭了手中的烟，之后我
就开始游戏人间了啊，呵呵……买一堆唱片和盗版DVD够我整
个周末窝在家里，时间长了总觉得这么不是个事，扛着单反去
了西藏，看见了纳木错。三十岁的时候跟着一群90后在音乐节
现场拉火车、跳水、POGO，还和姑娘混过帐。

"没再谈恋爱？"胡小鱼问，"谈过几个，昙花一现，都是

我的港岛妹妹。"

胡小鱼眉心一锁，"那咱们俩呢？"

"我能说实话吗？我也不知道。"

胡小鱼在节目最后放了李志的《天空之城》，然后冷笑一声拉下了麦克风。

周末午夜的路灯下面，你还可以看见一个清瘦的背影，那个人可能是胡小鱼，也可能是你我他。

没人在意的爱情

陈亚豪

    我在想，这个世界上还有多少像他们一样的情侣，有多少像他们一样没人在意的爱情？他们什么都没有，在这个浮躁虚荣的时代，他们是最有权力不相信爱情的人，可他们依然爱得那么简单，爱得那么幸福。

    今天在地铁里，坐在我对面的一对情侣给我留下了很深的印象，那是一幅很温暖的画面。

    男孩穿着一件墨绿色的T恤，黝黑的肤色几乎和T恤融为一体，我感觉他有阵子没洗澡了，不短不长的头发，乌黑而油亮，下边穿着一条布满油渍的绿布裤，脚上是一双已经开胶的帆布鞋。男孩的身材不高，但很健硕，加上肤色，一看就是常年在外面的打工仔，岁数和我差不多，可能很早就辍学了。他低着头，拥挤的地铁里有些羞涩。女孩站在他身边，只有一个座位，倔强地让他坐下。女孩扎着一个马尾，头发有些毛燥但很干净，脸上没有化一点妆，她也许是没有钱去买最低廉的化妆品，但她的皮肤很白净，长得也很清秀，只是右脸上有块不大不小的胎记。她上身穿着一件很像中学校服的白短袖，应该是以前上学时穿的衣服，下面是一条土色的麻布裤，脚上是一双很干净但早已过时的旅游鞋。

这时男孩旁边的大叔起身下车，男孩以迅雷不及掩耳的速度把手上的麻袋放在了旁边的座位上，小声地叫着女孩的名字。他表现得很开心，还有些小得意，可又很怕旁边的人也发现了这个座位。女孩坐下了，两个人相视一笑，两双眼睛好像也在笑，简单的笑容里是不加掩饰的幸福。男孩偷偷地亲了下女孩右脸的胎记，女孩轻轻地打了男孩一下，笑得还是那么开心，也许男孩从没在意过那块胎记。这时他们俩好像发现了对面的我一直在看他们，神情有些不自然。我有些小小的愧疚，我怕他们误以为我瞧不起他们，他们的表情里写着自卑。我赶紧低下了头，看着手机，用余光继续观察着他们，不想打扰他们简单的幸福。男孩把手机掏了出来，国产大直板，然后拿出耳机，和女孩一人一只。两个人就是这样听着歌，幸福的笑容再次浮现。过了两站，他们起身准备下车。男孩背上两个绳皮袋子，左手拎着个大包，用仅剩的右手紧紧握住女孩的左手，准备下车。

下车前，我听到女孩突然对男孩说了句，"再打半年工，咱们就回老家结婚吧"，男孩肯定地点了点头，右手握得更紧了。

一路上我一直在想，他们也许是来自一个遥远的小山村，由于家庭贫苦，很早就辍学开始出来一起打工，也许他们还在小山村里时就已经相爱相伴了。他们没有iPhone，没有耐克、阿迪，没有LV、Gucci，没有任何可以说上名字的牌子。他们可能从不过平安夜、圣诞节、情人节，也许他们都不记着自己的纪念日，他们之间没有我们认为谈恋爱需要的最起码的浪漫。因为面对生活的压力，他们是没有多余的金钱和精力来享受这些浪漫的。他们应该也不用社交网站、不刷微博，他们更不会知道偶尔在网上晒个幸福、秀个甜蜜。他们之间的爱情是普通而贫苦的爱情，他们也许从未有过真正意义上的约会，也不可能经常出去吃点美食逛个街，买两件情侣服，来个两人旅行。

对他们来说，也许像我们一样无忧无虑地在校园里牵着手晒着太阳都是一种奢侈的浪漫；对于他们，一起找到一份工作，一起打工挣钱，一起吃一顿有肉、有菜、有汤的晚餐也许就是莫大的甜蜜。他们也应该没有什么朋友，因为连衣食住行都解决不了的他们不会再有时间培养友谊，小时上学的同学由于多年出来打工也应该早已失去了联系，每天在陌生的城市里为了能吃顿饱饭、能有个干净的地方睡觉而四处奔波。这个世界上不会有多少人在意他们的爱情，也很少有人会想起祝福他们的爱情。

但他们爱得却是那么幸福，让我一个只看了他们半个小时的陌生人，心里都泛起了一丝温暖。

这个时代的我们，好像给爱情夹杂了很多的附加条件和附庸品。我们要互相赠送礼物，买情侣戒指，我们要给对方准备浪漫的情人节礼物，我们要花大把的精力和金钱悄悄给爱人准备足够surprise的生日礼物，我们要每天说很多甜言蜜语，我们要每晚发很多海誓山盟的短信。我们要一起去旅行，一起拍甜蜜的照片，我们要偶尔在网上秀个幸福，我们要得到很多朋友的祝福。

好像只有这样，我们才会觉得自己在恋爱；只有这样，我们才能感受到爱情的幸福；只有这样，我们才会相信也许我和他可以一起走到最后。可是结果呢，爱情本就是那么简单的一件两个人的小事，我们却要让它轰轰烈烈，足够绚丽。太过华丽的外衣下，太多附庸品的夹杂下，爱情的本质变得越来越模糊，走到最后，也变得越来越难。

我们祝福才子和佳人的相爱，关注那些高富帅和白富美的绚丽爱情，可正如我们看到的，身边那么多外衣华丽的爱情往往无疾而终，那么多曾经般配相爱的两个人因为各种狗血缘由分离相恨。受着他们和这个时代的影响，我们开始怀疑爱情，认定爱情的道路上有太多坎坷、太多敌人，不信任彼此，不相信爱情，觉得能够走到最后的爱情好像只存在别人的故事里，索性也玩弄感情，可最后伤到的还是自己。

可是地铁上的他们，什么都没有，却是真的在恋爱，而且爱得很幸福，爱得比我们很多人都要简单、幸福。

有人认为要先有足够的经济基础，才会有能力维护好爱情。有人觉得自己不够帅，不够漂亮，不相信自己可以拥有一份美好的爱情。有人说即便拥有了爱情，还有防不胜防的暧昧、小三，还有那么多条件远远优于自己的竞争者。长大后的我们还要考虑对方的家庭背景，现实物质条件，未来潜力指数，我们把爱情的前提和过程想得越来越复杂，而结局也越来越模糊。

只是，我们看到了那么多让人遗憾的爱情，每天说着再也不相信爱情的时候，却忽略了那些没人在意的，却简单美好的爱情。

我在想，这个世界上还有多少像他们一样的情侣，有多少像他们一样没人在意的爱情。他们什么都没有，在这个浮躁虚荣的时代，他们是最有权利不相信爱情的人，可他们依然爱得那么简单，爱得那么幸福。

想起一些小时候的同学，那些在一些人已经开始谈情说爱，每晚却默默与小说和游戏相伴的大众晚熟同学，现在他们都悄无声息地恋爱了。有些甚至比同龄人晚了将近十年的恋爱，很多还是初恋。他们默默地成长，默默地恋爱，不算出众的他们在恋爱中得到的关注很少，得到的祝福也很少，只是突然在某一天得知一个消息，×××订婚了。一个电话打过去："你小子什么时候谈的恋爱？也不说一声！”　“嘿嘿，好几年了都。”

　　他们的爱情就是那么简单。因为简单，得不到太多人的在意；又因为简单，所以足够美好。

　　为何那么多曾让人羡慕的爱情最后无疾而终；

　　而那些从来就没人在意的爱情，却可以如此简单地相爱，开花结果？

　　其实，一只愿意握紧你的手，一颗把你放进生命里的心，便够了。

　　错，也许就错在我们这些貌似很懂爱情的人，看似更有资本获得爱情的人，拥有得太多，却要得更多。

　　相信着彼此，陪伴着彼此。

　　未来，是可以靠两个人努力出来的。就像地铁里的他们，就是这样简单。每每想到这些没人在意的爱情，心里都会不禁问自己一句：爱情真的有那么难吗？

安放在别处的那些过去

猫语猫寻

那些过去早已经被我封存在心底的某一个角落，我习惯性地缩在自己波澜不惊的外壳里，不愿再回想过去，这里的人都必须坚强且独立，他们可能都有着自己安放在别处的故事，从不曾对人讲起，甚至连自己都不再回想。

凌晨——就算是深圳这样的城市也显得异常安静，窗外传来一个中年男子的咒骂声，国骂之后竟然是一句："你走了，就永远都不要回来。"如此愤慨又如此幽怨。

我不由合上电脑走到窗边，想看看是什么样的人在这样的夜里说出如此让人揪心的话。可街道是空的，路灯孤冷，周日的凌晨没有人愿意在街上留连了。也许，是我的幻听吧，我点燃一支烟，坐在窗台，凝望这难得寂静的夜空。

明天是我33岁的生日，那个曾经对我说过"你走了就永远都不要回来"的人，已经随着时间淡化成一个虚幻的影子，我甚至都有些不确定他姓名的写法，他的虎牙是长在左边还是右边？与他相遇时是冬天还是秋天？……

毕竟已经快十年了，十年的时间可以改变很多事情，可以让一座城市变得繁华又冷漠，也可以让一个人变得成熟且健忘。

如果不是那楼下传来的如幻听般的句子，也许我不会想起他。那个愿意拥抱我和我的人生，想要让我融入他的生活，想要我在他的人生里刻下深刻印记的人……

我记得他喜欢抽的烟是白沙，蓝色盒子的那种。在那个不记得是冬天还是夏天的晚上，我们在一家咖啡厅的吸烟区相遇，他掏出烟盒在我的身边站定说："美女，能借个火吗？"

那是一个无烟的咖啡厅，吸烟区被隔离出来，摆着一条长长的凳子，凳子应该是白色的，可是因为时间太久，它已经泛出黄色的陈旧感，让人觉得有些油腻。

我递了火机给他，吸烟区只有我们俩，我们俩都没有坐，就那么站着吞云吐雾。

我看向窗外，目光和思绪都游离在空气里，甚至都不记得要拿回我的火机。

我的思绪游离在我刚刚结束的那段长达5年的爱情里,他叫冯瑞,是我的初恋,我们是大学同学,爱情的过程很是轰轰烈烈,他强势的追求、我们双方家人的反对、朋友的背叛等等都经历了个遍,像是一场蹩脚的国产爱情剧。

就在前一年我们私订了终身,他在街上买了一个10块钱不到的不锈钢戒指给我戴上,我织了一条黑色的围巾给他围上,他在秋天满是黄叶的闹市区吻了我。那天我们决定一年后结婚,还把日期与婚礼排场的安排都记在了笔记本上,他说要努力地赚钱,把婚礼的排场做足。

在那一年里,为了那场婚礼,我们都开始变得很忙,忙到连分手时都没有办法见面谈。他提分手时提得很含糊,只是简短地发了条短信说:"时间这么久了,我觉得我们之间变淡了,大家都静一静吧!"

我很配合地没有回复他,也很配合地没有联系他。第二个月,听我在民政局上班的朋友说,他和一个女生去窗口领证了。

我这才醒悟过来,原来我失恋了,原来那条短信的意思不是要静一静,而是要分手。

失恋应该至少摆出些失恋的姿态吧,于是我开始抽烟,每天喝酒，可是我发现我好像感觉不到悲伤。也许在他提分手之前我早都已经不爱他了吧，可是我又记得我们约定婚期的时候，我是真的很高兴，像是终于找到了家一样。

我吐了几个烟圈儿，这是小帆教我的，她是乐队的歌手，老烟枪，我说我要抽烟的时候她表现出异常的兴奋，像是多了一个堕落的伙伴似的。

"那个，我叫景绍晨，认识一下吧！"那个男人把火机还给我说。

我接过火机，却不想接他的话。

"晚上我在咖啡厅组织看电影，你要是有空的话就留下吧。"

"什么电影？"

"《杀死那只知更鸟》。"

我递了张名片给他。"喏，名字、联系方式都在上面了。"我嘴角挑了挑。

他有些惊讶地看着我，还没有从我一开始的冷漠里回过神来。

"那就这么说定了，我给你留个好位置。"他掐灭了烟，走出门去。

我又点燃一支继续抽着。烟圈儿如我的心事一般在那个小小的空间里缠绕在一起。

晚上的电影活动人并不多，大厅里不多的台子，只坐了一半，他给我留的桌子在大厅中间，有种众星捧月的感觉，这让我有些不自在。

电影很不错，因为位置很好我看得也很投入，倒是忘记了坐在大厅中间的尴尬。看来这确实是个好位置。

他一直在周围忙碌着，登记着来参加的人的资料，帮他们点着单，那时我才知道，原来他是这家咖啡厅的老板。

当天晚上，他打电话来向我道歉，说太忙都没有顾上和我说话。我也客套地应付了两句。他约我第二天去店里，他有工作的事情想要问我。

那时我在一个摄影工作室做化妆师，名片是印来发给客人的。当时给他名片的时候确实没有多想，这时不由得有些后悔。

那之前的一年，我工作很拼，私下里也接了很多婚礼和宴会化妆的活儿，原本是想存钱去实现那个约定的婚礼的，可是婚礼突然就成了泡沫消失在了空气中，那些努力一瞬间没有了任何意义。后来化坏了几个妆，修坏了几条眉毛，老板娘便放了我一个长假。

一个从繁忙里突然空闲下来的人的日常一般都是无所事事的，每天睡到12点才起来，下午像个游魂一样四处乱逛，晚上就会去找小帆，和她们一起喝到茫，顶着午夜昏黄的路灯晕乎乎地回家。

那段时间我没办法一个人待着，一个人时总会觉得身边好似有个空气吸纳机，氧气总有些不够用。

第二天去咖啡厅的时候，我第一次认真地打量了他，他个子很高显得修长又干练，头发应该有很久没有修剪过了，有点长，但却很蓬松，很清爽。如果我当时的状态代表黑暗的话，那么他应该就可以算是太阳本身。

他看到我来了，挥手招呼了我让我随便坐，然后便从吧台端了两杯咖啡走了过来。

我仰头看了看他说："我现在休假中，一般不接工作的。"

"其实不是正式的工作。下周我想弄一个化妆派对，想你给我店里的这些服务员化妆，就是要浓墨重彩一点的那种。价格好商量啊，而且我希望你也可以参加。"

我低头咽了口咖啡，轻轻地点了点头："那就当我友情帮忙好了，给我做几杯好喝的咖啡就行。"

他用我递给他名片时的惊讶眼神盯着我。

"我是觉得化妆派对应该挺有趣的，所以也想看看。"我有些尴尬地解释道。

他笑了，那笑容里有种如春风般的温柔。

那天我们聊了很多，他刚刚而立，咖啡厅开了有四年了，在这样的一个小城市里，没有竞争，生意还不错。

他还主动报告了自己的房产和准备买车的计划，以及恋爱史。

他的报告让我有些不安，总有种在相亲的感觉。我还活在上一段爱情的阴影里，爱情对于我来说遥远且不真实。

"我觉得你很特别，和这里的女孩子不太一样。"他打破了我的沉默。

"呃，是吗？这里的女孩都是什么样子？"

"有些世俗吧，最近家里给我安排了很多相亲，毕竟年龄到了，她们一坐下便开始查我的家底，而我刚刚主动坦白，你却好像并没有什么兴趣。"

我没有回话，我是确实不知道该说些什么。

"你是单身吗？"他追问。

我点点头，有些尴尬地笑了笑，这样的对话让我拘谨不已，有点想要离开。

"那太好了，看来我有机会了。"他又露出一开始时的微笑，像是收到了什么神秘的礼物似的。

这时小帆打电话来叫我过去。我拒绝了他的相送，匆匆离去，像是一个逃离战场的伤兵。

第二天一大早，老板娘打电话来把我从熟睡中叫醒，说店里收到一大束玫瑰，是给我的。还说当天生意忙，让我提前结束休假去店里帮忙。

我懒懒地起来，没有宿醉的早晨感觉很是清爽，像是他的笑一样，好似被阳光照耀着。

玫瑰是景绍晨送来的，这让我有些惊讶。

忙完之后，抱着玫瑰走在路上，我很不自在，怎么拿都觉得不对，于是决定把它丢掉，刚走到垃圾桶。身后响起了一个声音："那么美的花就这样被丢掉也太可怜了吧，这么美的女孩怎么可以这么残忍呢？"

我尴尬地转过头，是他。

他撇着嘴，像是受了莫大的委屈，但眼角明明有笑容泄漏出来。

"远远的就看到你了，果然抱着花的女人比较容易被发现。可转眼你就要把花丢掉了。"

我尴尬地笑笑，有些不知所措，像是抄作业时被老师抓了个正着的小学生。

"不喜欢吗？"

"不是，挺美的，只是抱着它觉得有些尴尬。好像全世界都在看着我似的。"

"那我帮你送到家里去吧，我可是很喜欢被全世界围观的感觉的。"他笑着从我手里接过花，站在我旁边。

到了家，我从角落里翻出花瓶，花瓶很久没用，落满了灰。

那是冯瑞在我过生日的时候送我的，说是以后买花送我的时候插花用，可他却没有买几次花给我，不知道他有没有给那个和他结婚的女人买过花。

我漫不经心地洗着花瓶，他在客厅里左看右看。

"房间布置得很漂亮，很配玫瑰。"我拿出花瓶时，他说。

"喝点什么吗？我应该还有点咖啡和红酒。"我岔开话题问道。

"我不喝了，我还要回店里，不如一起去吧，晚上有电影。"

我拒绝了他，他起身离去，我犹豫了一下说："以后还是不要再送花了吧，其实我不喜欢花。"

他站在楼梯口，转头看我，眼神里有一丝失望闪过。

"不过，还是要谢谢你送花给我。"他笑了笑，没有说什么便离开了。

过了一会儿收到他的短信："你的花瓶出卖了你，那么美的花瓶怎么可以没有鲜花呢？"

这条短信好似打开了一个水闸，一时眼泪泛滥，那是我失恋之后的第一次哭泣。

化妆派对的那一天，我中午时就到了他店里。

上次见面之后，他每天都会发短信给我，我只是偶尔回复。有些事情，我还是不太愿意触碰。

店里被装饰了一番，有很多百合和玫瑰，像个花园一样，美得刺眼。

他得意地接过我手里的化妆箱说："怎么样，漂亮吧？"

我有些敷衍地点点头。开始给他店里的服务员化妆，他说男生要化小丑妆，女生要化成小魔女。我照做。

他在旁边忙前忙后，帮我递东西，时不时喂我水。他那亲密的举动，让服务员们都用暧昧的眼神看我，好不尴尬。

他去洗手间时，正化妆的小玲对我说："雨陌姐你可真幸运，店里有好多女客人来追我们BOSS，我们BOSS都很冷漠地拒绝了，一直单身着，我们还以为他是GAY呢。原来他喜欢你这种类型的女孩。"

我有些不知道要如何解释和应答："其实，我们只是普通朋友而已。"

"切，谁信呢！"小玲笑着调侃道。

我笑了笑，没再答话。这段对话让我接下来的时间很不自在，有点莫名的怒意。

最后化的是他，他说他要化成个王子，最好是有点酷酷的帅帅的样子。我有些赌气地给他化成了小丑，化完妆照镜子的那一刻，他的表情精彩极了，我不由得笑了起来，几个化好妆的服务员也跑来围观，还拍手叫好，气氛很是热闹。

他撇着嘴，从吧台里拿出一件纱裙递给我，有点委屈地说："你看，我给你准备了公主装，你把我化成了一个小丑，今晚你只能做孤独的公主了。"

我没有接衣服："我还是算了吧！"

　　我话还没说完，那几个小魔女便把我推搡进了被改造成临时更衣室的操作间。

　　那是件欧根纱的公主裙，白色和紫色的纱美极了。裙子有点大，用别针别了一下才有了点腰。小玲要我化妆，我摆摆手说不要了，她便要作势拿起化妆刷亲自操刀，我只好无奈地接过，自己随便化了点淡妆，把一头披肩的长发也随意地挽了个发髻。

　　小玲递过来一个王冠造型的小发卡，我无奈地皱了皱眉头，他竟然连头饰都给我准备了。

　　我走出门时，他就站在门口，我出现的那一瞬，他愣愣地看着我，我不敢直视他的眼睛，因为他眼睛里的光芒，和这个花园装扮的咖啡厅一样，有些刺眼。

　　咖啡厅里已经来了一些奇装异服的人。我又帮几个客人化了妆。他一定要拉着我去给大家打招呼，那种感觉好似是婚礼上的新人在答谢宾客似的。还好，他介绍的时候说我是这场化妆派对的化妆师，如果有化妆需要随时恭候，他买单。

　　接着，我就看到了冯瑞，他穿了一件黑色的斗篷，还配了一个高高的礼帽，脸上没有化妆，不过，他就算化上景绍晨那样的小丑妆，我也一样会在第一秒钟认出他来。

人见到旧爱时会是什么样子呢？而且那个旧爱还仅仅只分开了不到两个月的时间。我记得我当时愣在了那里，浑身有股火烧了起来，处于失去理智的边缘，下一秒自己会做些什么完全都没有概念。景绍晨看我站着不动了，回头看了看我。

"我……我去下洗手间。"我把手里的红酒杯递给他。

冯瑞好似听到了我的声音，我想他也许一早就看到我了。因为他看着我时，眼里连惊讶都没有，像是看着一个陌生人。

我的眼泪好不争气，我慌张地逃离。去洗手间换回了自己的衣服，拿着包准备无声无息地离开。打开门时，景绍晨就站在门口等我。

"怎么了？"他的话让我的头一阵嗡响，这个城市真小，世界真小。

"我有点不舒服，我想先走了。"我匆匆往门口走去。

他没有拉住我，也没有问我。

走出咖啡厅的门，冯瑞竟然站在门口，他取下了帽子拿在手上，头发有点乱。

"好久不见，我没想到会在这里遇到你。"他笑着说。那个笑很刺眼，我好似听到什么东西破碎的声音。

"请让一下！"我冷冷地说。

"你还在生我的气吗？我以为我们还能做朋友的。"

我狠狠瞪了他一眼，他给我说过很多伤人的话，但唯独这句像是一把刀狠狠扎在我的心口，让我一阵抽疼。

我不相信一个人可以安然地和一个爱过的人做朋友，除非他醒悟到曾经的一切都并不是爱。

我突然觉得我才是今天晚上的小丑，不，也许在那段爱情里我一直都只是一个小丑。

"我觉得我的圈子里并不缺少一个你这样的朋友。"

"你还是那么固执，你不想知道我为什么要和你分手吗？"他冷静得像一个计划周密又沉稳老练的杀手，正举起刀一步步走向我。

我木然地站在那里，我想夺路而逃，但身体的机能仿佛一瞬间出了故障，动弹不得。

"5年前能追到你和你在一起，我确实觉得很有面子，你漂亮独特，气质也很好，5年来我们一次架都没吵过。你对我无微不至，像是我们已经结婚很久了似的。我所做的一切你都微笑回应，或者没有回应，我甚至觉得自己像是在和一个木偶恋爱，一个没有回应的木偶。"

"你很听话，我说什么你都照做，甚至到最后我提分手的时候，你连个回应都没有。我觉得索然无味。我知道你会恨我，可对你，我确实说不出分手两个字，我害怕自己会伤害你，可却又不得不伤害你。那个女人是一次意外，她怀了孕……"

我感觉自己在发抖，全身冰凉，像是有一桶冰冻了很久的水从头顶浇了下来，淋了个透，连心都给冻住了。

"你知道吗？这5年，我不止有这一个女人，甚至还有一个女人经常会来陪我，有3年的时间。你却从来没有发现，我有一次出差回来，那个女人还故意留了一片女用湿巾在我的包里，我吓坏了，因为那天你帮我收拾了包，可是你却什么反应都没有。我不知道是你真的不知道，还是你太能忍耐，但我觉得如果你真的爱我，你不会这么冷淡地对待这一切的。你并不爱我，你不过是需要有一个人陪在你身边罢了，这样可以显得你并不孤独也不那么可怜。这不，我一离开，你身边就又有了一个男人。"

眼泪不争气地流了出来，好似心里的冰因为受不了这样的高温在慢慢地融化一般。

他说的我都知道，我怎么可能不知道，我闻到过他身上的香水味，我还看到过口红印。那个湿巾我也看到了。

我虽然没有吵闹，但不是没有反应，我痛苦抑郁了很久，每天吃安眠药入睡。可我不知道要怎么去吵，怎么去闹，最终我全都选择了逃避。

我承认自己的软弱，也许这一切都是对我软弱的惩罚。我甚至天真地以为，他向我求婚之后，那一切都会过去，他会爱我如初，像我爱他一样。

"你终于在我面前哭了，你总是那么坚强，那么独立，我是你的男朋友，你却从来都不依靠我，你知不知道你的独立很伤人，我多么希望你能再多依靠我一点，我向你求婚后，把卡和钱都留在你那里，不久后，我问你我还有多少钱，你竟然都不知道，你连卡上的余额都没有查过。你有把我当过男朋友吗？我向你求婚你就答应了，你真的决定要嫁给我吗？"

"不过今天看到你，我也放心了，你有了新欢，你应该会依靠他吧。这件事我想都不敢想，和你在一起的每一天我都觉得自己配不上你。你坚强得像一块石头，我想就算我和你分手了，你也根本都不会哭吧。你现在又哭个什么劲呢？你都有新男友了。"

他走过来挑起我的下巴，有点愤恨地盯着我。眼泪斜着划过我的脸，像是在我脸上狠狠地割了一刀。

那个将我抛弃的人，现在竟然如此愤恨又幽怨地盯着我。我不由得笑了，有些现实里的事情比电视剧里的狗血太多了。

"冯瑞你闹够了吧。"景绍晨的声音，他不知道什么时候出来的。

他打开冯瑞的手，把我拉到他身后。

冯瑞举起双手做投降状："哈哈，新欢来救你了，景绍晨我告诉你，这女人是我玩过的，相当没意思，不过很听话，你说什么她都照做的，你在外面玩女人，她就算知道了也不会管你的，娶了她就等于娶了保姆、洗衣工，而且她还会自己赚钱，一分都不会花你的。你可算是赚大发了。"

景绍晨放开我的手，一拳打在了冯瑞的脸上："你简直就是个人渣。你从今天起不要出现在我面前，不然我见一次打一次。"

　　景绍晨拉着我进了咖啡厅，我想要挣脱，想要早一点回到家去，但他好像知道了我的意图一般死死地拉着我。

　　他带我走进吧台后面的休息室，他拉着我在沙发上坐下，递了纸巾给我，又点了一支烟递给我。

　　有些颤抖地接过，我还没从刚刚的愤怒和痛苦里恢复过来。

　　我们就那么静静地坐着，什么都没有说。气氛压抑。

　　他站起来走了出去，过了一会儿端了一壶茶和一瓶酒走了进来。

　　他没有问我要喝什么，只是分别倒了一杯茶和一杯酒放在我手边的电脑桌上。

　　他坐回我的旁边："你没有什么想和我说说的吗？"

　　我端起了酒杯，一口气喝了进去，还没有醒的红酒涩涩地从我的喉咙划过，"我不知道该说什么，或者从哪里说起。"

　　"刚才我拿了件衣服就跟着你出来了，所以他的话我都听到了。"

"那就更没有什么可说的了，他说的都是真的。只是他说的我其实都知道。"

"那你为什么不揭穿他，不和他分手。"

"我只是以为一切都会好的。"眼泪又不听使唤地肆意流下。

"我从来没有意识到自己那么在意他，因为在意，我甚至想要就这样将就着，说不定哪一天一不小心就天长地久白头偕老了呢？直到我知道他和别的女人去领了证，我才意识到其实一切早都该结束了。"我深深地吸了一口气，又倒了一杯酒喝下。

"所以有什么好说的呢？两个人之间如果有一方都没有真正爱过，就算谈得再久那又怎么能算是恋爱呢？"

他从旁边搂住了我的肩，我低下头，他把我的头按在他的肩上。

"今天肩膀借你吧，你哪有那么坚强，他真是瞎了。"

那天我哭了很久，像是要把这么长时间的悲伤全都流尽似的。

景绍晨送我回家的时候已经是凌晨了，咖啡厅里已经没有人了。

我们走在街上，街上很安静，好似只有我们的脚步声。我披着他的外套，他牵着我的手，像是一对儿在一起很久的情侣。

到了家楼下，我把外套脱下来递给他。

"能留着吗？我怕你把外套还给了我，我就没有理由再来找你了。"

我有些愕然地看着他，也许是该作决定的时候了。现在这样支离破碎的我，还有什么权利去开始一段新的感情呢？

"我……"我刚要开口，他用手指遮住了我的嘴。

"嘘！不要说出来，我希望我还有机会，我不想因为这样的事情，你就如此轻易地放弃我，每个人都有过去，谁能保证在有生的时光里，过去不会来打扰你的生活呢？别那么轻易地拒绝我，也别说你对我没感觉。我有耐心慢慢等你忘记他，你不能对我那么残忍。"

他轻轻地放下手，有些担忧地看向我："现在你可以说了。"

我不由得笑了："那我还能说什么呢？能说的你都不让说。"

他笑着，拥抱了我："那我就当你是答应了我的追求了，我会努力让你最终成为我的女朋友的。"

我一时不知该作何反应。不由觉得我确实如冯瑞所说，有些时候木讷得像一个木偶。只是遗憾的是，我却没有一个木头做的心脏。

第二天，我被小帆的电话吵醒："雨陌，冯瑞昨晚到我驻唱的酒吧来了，喝得烂醉，哭得很可怜。他说他见到你了，你没事吧？"

"嗯，没事。只是现在你打电话来吵醒了我的美梦，让我有些头疼。"

"他好像被人打了，脸肿得很厉害，我让服务员帮他冰敷，他还百般挣扎，差点闹起来。他说他和那个人没完，说要找人去打他。"

"他真这么说？"

"看来真的和你有关，快说发生了什么事？"

我就把前一晚发生的事情告诉了她，省略了景绍晨送我回家的那段。

她骂了一阵脏话，问候了冯瑞的妈妈和七八代祖宗之后冷静地说："那你得让那个景绍晨小心一点儿，你也知道冯瑞交际的都是些什么人。"

"嗯，我这就和他说。"

有些人你爱过之后回忆起来会痛，有些人可能还会让你觉得温暖，可还有些人会让你觉得头疼又烦躁，冯瑞已经成功地从第一种变成了最后一种。

在学校的时候他就很能打，还因此认识了一些非正道的人。毕业后，他和那个圈子的人走得好似更近了，用他的话说，那些人是他的朋友里最讲义气的一批。

这次他被景绍晨打了，他都没有机会还手，一定不会善罢甘休的。

我不由得叹了口气，拨通了景绍晨的电话，把小帆的话说给他听。

他笑了笑说："没事的，我应付得了，而且这些就都是男人之间的事情了，你不用操心了。"

"这怎么行，你是因为我才打他的。"

"真的没事，相信我。"

之后他又开始嘘寒问暖，并让我去咖啡厅找他。

我去了咖啡厅，他正和两个朋友聊天，他把我介绍给他的朋友，让我坐在他旁边。

他们在聊新咖啡厅的事，说在新城区确定了一个店面，准备租下来之后开一家分店。当聊到店面风格的时候，他转过头问我："你喜欢什么样的装修风格？"

"啊？"我不由怔住了。

"可以照你喜欢的风格装的哟，不要错过一个决定一家咖啡厅命运的机会。"他微笑着说道。

"还是不要了吧，我又不懂，这家店我就觉得很好。"

他撇撇嘴，微笑地皱眉，完全没有了刚刚和朋友商谈时的严肃，倒像是个孩子。

他转头对另外两个人说："看来我们的参考者很没有自信。装潢的事我们改天再聊吧，其他的事情就先照我们之前说的进行。"

他的两个朋友走后，他转头微笑地盯着我，我一时红了脸，那直达我心底的灼灼让我有种被烫伤的错觉。

他俯下头在我的额头印了一个吻："这个新的咖啡厅，我想按你的喜好装潢，这样以后你可以在忙完你的事情后，去那边帮我看着店。"

我轻轻皱了皱眉："这样不太好吧？"

"怎么不好啊？你可是以后的老板娘哟！"他像是开玩笑地说着。

在人的记忆里，总是痛苦的事情才会比较深刻地被刻印下来，而美好的事情却像一抹浮尘，岁月的风会将它吹起，翻转，沉寂进遥远的时空里去。就像那段时间他带给我的美好一样，记忆很多，却都越发地模糊起来。

他一有时间就会去我工作的地方找我，我在工作时，他就坐在离我不远的地方看着我。

老板娘总会语重心长地对我说：绍晨不知道比那个冯瑞好多少倍，你要好好珍惜啊，最好快把事情定下来，不知道你还在犹豫什么。我的老公要是有他的一半好，让我现在死了都愿意。

　　他经常买花给我，还会请我的同事们吃饭，好似我的一切他都想要参与，好多同事和我的朋友都说被他问过关于我的事，让他们细细讲给他听。

　　他有种让我无法拒绝的力量，当有一天回过神来，我发现家里的很多东西都刻印着他的名字，他送的抱枕、杯子、台灯、摆件……好似快要塞满我的空间似的，我身边的朋友也开始时常地问询我和他的进展。

　　他的名字、他的人在我的世界里的存在感已经大到让我觉得他时时刻刻都围绕在我身边的程度。可是我仍然无法确定自己的心，想到冯瑞我仍然会觉得心痛，这样的我又有什么权利得到这样美好的爱情呢？

　　我把我的顾虑说给小帆听时，小帆叹了口气，用指节敲了敲我的头说："真想把你这个榆木脑袋给你敲得松软一些，爱情这事儿哪能那么泾渭分明呢！"

　　有一次她看着来接我的景绍晨轻声地嘀咕着说："也许一些你觉得还没有开始的事情，在他那里已经开始了很久了。"

　　小帆的话，让我决定给他一个答案，决定要就此推倒那堵心中的墙，敞开心扉接纳他的好和他的一切。

那一天，他和往常一样送我回家，他上楼坐在沙发上，我倒了杯水给他，房间的灯温和地照在他的身上、他的脸上，他身上仿佛笼罩着一层暖暖的温柔，我坐在他的身边，他转头看着我，我轻轻地握住了他的手，他愣怔了一下，但只是那么一瞬，他便好似会意了一般，绽放了一个大大的微笑。

他轻轻地揽着我，吻我的额头、鼻尖，我抬起头，吻住了他，那个吻长得像是一个契约，一个不容被改变的契约，他紧紧地抱着我，好似下一秒我就会消失似的。

我突然感觉到自己对他的依赖，这种依赖让我永远都不想再离开他，我也拥抱着他，沉醉在他的吻里，并且想要一辈子都这样沉醉下去。

第二天早晨，阳光从我卧室的窗口照进来，我发现自己躺在他的怀里，房间里弥漫着幸福的味道，我抬头看他，他安静地睡着，轻轻的呼吸声仿佛是全世界最美妙的音乐。

我用食指轻轻地描画着他的脸，他浓浓的眉和舒展的额头、他紧闭的双眼和长长的睫毛、他高高的鼻梁和薄薄的唇，一醒来就看到他的那个早晨美好得那么虚幻。

那天之后的日子，幸福会时不时从我的嘴角溢出，荡漾在我的眼睛里。他让我搬去他的家，我没有犹豫便答应了，决定一个月之后就搬家。

　　他新店的筹备也在继续，我们一起商量着那家店的装潢，我休假的时候陪着他一起逛遍了那座城市的装修市场，那种感觉，仿佛我们装修的并不是一家新的咖啡厅，而是我们的新房。

　　我们一起选择了和旧店一样的木制地板和深绿色的墙漆，还按我的主意，计划在新店里装一个榻榻米的恋人空间。

　　那段时间，我经常住在他的家里，他家离咖啡厅不远，每次我下班都会去他的咖啡厅，然后我们一起回家，店里的服务员们不再叫我雨陌姐，而改口叫我老板娘，听小玲说是景绍晨私下交待的，而且不但要叫老板娘，还要大声地叫，最好让所有的客人都听到。

　　他比我大七岁，可很多时候却像个小孩子一般，有一次我们一起过节，但我有些记不清那是什么节了，因为我们在一起的那段时间，不管过什么节他都会过得好似情人节一样。

　　那天我们在一家西餐厅的隔间吃饭，我晚到了一会儿，他装得很生气的样子，说我不在乎他，连这么重要的日子都迟到，我无奈地笑着，没想，他竟然把东西扔在椅子上说要去洗手间哭一会儿。

我知道他在开玩笑便没有在意，结果他去了好一会儿都不见回来，我正准备起身去找他时，隔间里走进来一个女孩，拿了一枝玫瑰花问我："请问你是叫王雨陌吗？"

我惊讶地点点头，她把花递给我说："这是景绍晨让我送给你的，还让我对你说他爱你，他希望能牵着你的手过一辈子。"

她刚出去，我还没回过神来，就又进来了一个学生模样的女孩，不同的表白同样的深情，我又多了一枝玫瑰……

那晚我收到了12枝玫瑰，它们经过12个女生的手送到了我的手上。

他走进来的时候，咧着嘴对我笑，好似还怕我责备他似的有点局促地坐下问我："怎么样？玫瑰很漂亮吧？"

我无奈地看着他，但却抑制不住自己的微笑，我站起来主动地吻了他，我看到同样的微笑也在他的嘴角荡漾着。

我想，这才是恋人吧，两个人体会着同样的幸福与美好，并共同用心和爱认真地守护着它。

现在回想时，可能很多细节我都不太记得了，但是我记得他的微笑，我记得我心中那种被幸福包围的感觉。

就在我们在一起的第三个月，我收到了冯瑞的短信，他说他想要见我，我很自然地没有理会，但他又发来一条说：如果你不怕我砸了他的店的话你可以不回。

我打了个电话过去，他的威胁让我恼火。

"你果然很在意他。"

"你有什么事？"我有些冷漠地问他。

"我听我姐姐说你为我打掉过一个孩子，你为什么不告诉我？"

那是我们在一起的第三年，我在路过一个酒店时，看到他搂着一个女生的背影。我犹豫再三，选择了分手。

分手后不到两周，我发现我怀孕了，当时他姐姐刚刚知道我们分手的事，来市里劝我，我请她吃饭时看着桌上的菜，去洗手间吐了两次，在她的追问下我不得不告诉了她实情，并哭着求她不要告诉冯瑞。

她答应了，但执意要留在市里照顾我，她陪着我去做了手术，照顾了我一个多星期才很不放心地离开。

那时她劝我不如就嫁了，我说："他其实并不爱我，如果爱的话，他就不会去找其他的女孩了。"

她叹了口气向我道歉。她说她们家把这个弟弟当个宝，这也是她的父母会觉得我配不上他，反对我们在一起的原因，只是没有想到他竟然变得这么自私。

没出三个月，我和冯瑞又阴差阳错地走到了一起，他好似吃定了我个性里的懦弱与优柔寡断，很笃定我无法拒绝他的再次追求，他的蛮横与直接总让我不知道如何应付。

可是现在我有了景绍晨，那样的复合再也不会发生了。

"那些都过去了，说这些还有什么意思呢？"我皱了皱眉头说。

"我突然觉得自己像个傻子，你那时候要是告诉了我，我娶的可能就是你了，你说有什么意思？我现在因为一个别的女人肚子里的孩子被迫结婚，可也只有我自己知道我心里爱的人只有你。"

"冯瑞，你谁也不爱，你爱的只有你自己而已。"我冷漠地说。

"昨天我看到你们了，你知道么，看到你和他手牵着手从我的车边走过，你笑得那么开心和他聊着什么，我顿时觉得你对我一点都不公平，你和我在一起的时候，很少和我说话，甚至我从来都没有见你笑得那么开心过。"

我沉默地听着，他说的这些话让我没有任何感觉，如果没有遇到景绍晨，我不知道我还会不会这样无动于衷，但我相信至少不会像这样平静无波。

"我本来想要祝福你，然后再也不打扰你，可是听了姐姐的话我一夜没睡，我觉得我不能就这么轻易地放弃。"

"冯瑞你太自私了，且不说我，你已经是有家室的人了，现在孩子应该已经快出生了吧？你想这些还有什么意义呢？"

"好，那我要求再见你一面总没有错吧！"

"还有什么好见的呢？一切都已经结束了不是吗？"

"还是那句话，如果你不想我砸了他的店的话你最好来见我。"

我犹豫着要不要把这件事情告诉景绍晨，可冯瑞没有给我这样的机会，当天我下班时，他的车已经停在了工作室的楼下。

我上了他的车。他没有看我，直接将车开了出去，他的帕萨特疾驰在公路上，像是一个赌气的孩子。车在向城外开。

"这是要去哪？"我皱着眉头问道。

他没有回答我，依然自顾自地向前疾驰着，我开始有些害怕起来，有种危险临近的紧张感。

终于他将车拐进了一个很大的院子，这是他家在市郊的一处度假村里买的房子，我和他在一起时经常会到这里来过周末。

这里有着我们数不清的回忆。只是那都已经是过去的事了，这里的一切我虽然熟悉，却没有任何亲切感，只让我感到不安。

"来这里做什么？"我皱了皱眉问道。

"如果这是我们的最后一次见面，那么我希望是在这里。"

他掏出烟，点燃，狠狠地吸了一口。

那流畅的具有线条感的动作让我曾经很是迷恋，我曾经画了一遍又一遍，可总是无法真实地表现它。但现在再看到，它却不过只是一幅美丽的画卷而已，再也无法让我心底产生一丝涟漪。

我掏出烟，他打着火要帮我点，我闪开自己点着，吸了一口，他看向我说："以后你还是少抽些烟吧，这东西对女孩子真的不好。"

"嗯！"我低着头应了一声。

"你们……我是说你和景绍晨，是准备结婚的吗？"

"还不确定。"我实话实说。

"如果我现在离婚再追你，你还会和我在一起吗？"

"别傻了，冯瑞，我们纠缠了五年，还不够吗？这五年我和你都过着什么样的日子，你自己不知道么？就算你不知道自己过的什么样的日子，你看看我，就像你说的，那五年，我都没有开心地笑过，这一切就都让它快一点结束吧！"

"我忘不了你，也放不下你，可是你太沉寂，我知道自己很渣很差劲，我知道我所有的想法都围绕着自己，可当我听我姐姐告诉我那件事情的时候，你不知道我多心疼，我想着你，想你求我姐姐不要把这一切告诉我时的神情和样子，我心好疼，我甚至开始恨我自己。

　　我和你的这五年，可能是我今生离爱情最近的五年，以后不会再有了。"

　　我没有接话，我不知道要说些什么，也不知道要如何理解他的心情和他心中的爱情。可我清楚地知道，当冯瑞提到"爱情"，我脑海里能想到的却只有景绍晨。

　　"忘记我吧，现在我爱的人是景绍晨，如果我爱你的时候，是在自我伤害的话，那么现在景绍晨在慢慢地治好我。你已经成了我生命里和我无关的别人，你已经有了新的生活和新的爱人。你恨我也好或者无法放下也好，都是你的事，与我无关。"我有些急切地说着，我想要快一点结束这一切。

　　"真的没有机会了吗？"冯瑞看着我，眼里的悲伤像是一幅讽刺的抽象画，我看不懂它，也不想懂。

　　"送我回去吧。"我转身上了车。

　　他继续用来时的速度有些赌气地开着。车里的气氛沉闷又压抑，让我的心也显得有些急躁，我按开了车上的CD。

Jeff Buckley的《hallelujah》的前奏一瞬间盈满车厢。这是我给他刻的一盘CD，里面有20首歌，作为他买车时的礼物。当时他特别开心，他的笑总是坏坏的，可是那一次，我在他的笑容里看到了发自内心的喜悦。

"你还在听这盘CD啊？"我搓了搓手问道。

"嗯，自从你把它送我，它就从来没有从里面拿出来过。"

我没敢接话，气氛在Jeff Buckley温柔又带着一丝忧郁的歌声里显得越发尴尬。

我从观后镜里看到他眼圈里的模糊，这让我有些不知所措。

窗外的风景飞快地向后飞去，他的车速没有来时那么快了。

在经过一个岔路口时，从岔道口冲出一辆摩托车。冯瑞将车拐向了左边，国道的路很窄，旁边是一个低于路边的坑，因为向左偏移，车整个地翻了过来掉进了那个坑里。

这一切都发生在一瞬间，快得像一颗飞过眼前的子弹。

可是就在那翻车的一瞬间，冯瑞伸出一只手护住了我撞向车顶的头，而他的头却狠狠撞在了车顶。车又经过几个翻转，我后颈不知撞在了什么地方，失去了知觉。

我醒来时，脖子被箍着，手臂无法动弹，睁开眼睛时我身处医院，身边没有人。

我挣扎着想要坐起来，却无能为力，因为轻轻的一动就会牵引脖颈的疼痛。

"小陌你醒了？"是小帆，我斜眼看过去，她正端着一盆水从门口走进来。

"冯瑞怎么样？伤得重么？"我有些急切地问道。

"你感觉怎么样？疼得厉害么？我去叫医生吧。"她有些躲闪地转移着话题，眼睛向左右瞟着，她一向不会说谎也不善于伪装。

"小帆，他到底怎么了？"我皱着眉头问道。

"当时发现你们，发现得太晚了，他失血过多……人已经没反应了。"小帆哽咽地说着。

"所以，他死了么？小帆，他死了么？"我焦急地坐起身来，顾不得脖颈的疼痛。

小帆令人绝望地点了点头。

我愣了愣，重重地倒在床上，眼睛盯着头顶的天花板，天花板上的吊扇静止着，像是停住了这个世界的时间，旁边的顶，白得有些吓人。

眼泪无法抑制地流着，他死了，死的时候和我在一个车里，死的时候他用本该护着自己的手护住了我。

纵然他如此伤我，但最后他想要保护我。我如何还能无动于衷？如何还能平静地面对这一切？

那几天我像一具尸体一样的躺在床上，小帆在旁边时不时地抹泪，景绍晨来看过我，我知道他一定有很多很多的问题和误会，可是我并不希望他问，我的脑海已经被冯瑞的死塞得满满的，我无法再想起别的事，无法再顾及别的人。哪怕他坐在我的旁边，我都没有办法从那场死亡里回过神来。

如果我没有那么决绝地回绝他，如果我没有要求那么快地回去，如果我从一开始就不答应见他……

自责将我淹没，我纠结于这让人窒息的剧情，如果这只是一场梦，该有多好。可就算重来，我又能挽回些什么呢？我和他已经分开多时，已经经历了完全没有对方的一整个春夏秋冬，停留在此刻的这个时间是一个让人窒息的冬天。

他死了，可他却刻在了那个冬天，给我的世界里留下了一个永远无法抹去的血淋淋的伤口。

他的妻子来过我的病房，我以为她会大吵大闹，我甚至希望她能狠狠地打我一顿，让我伤得更重一些，可她没有，她坐在我的身边对我说着话，又像是在自言自语。

"他从来没有爱过我，我也没有爱过他，我生下的孩子其实不是他的，我们在一起的那天，他喝多了，他哭得很伤心，他抱着我喊着你的名字，所以我知道你叫什么。"

"我瞧不起他，他说你像一块冰冷的石头，他对你的爱情和热情看到你时就被冷冻了。这样的话只有最没有出息的男人才说得出来，真正的男人不是应该就此忘记你吗？可他还回去找你，听说还为了你和别人打架，给他擦药换药的那个人是我，可他连正眼都不看我一眼。他真是没出息啊，你说呢？"

我无言。

　　"我从来没有告诉过孩子不是他的，所以他到死都不知道，但我觉得你应该知道，我知道你们恋爱了五年，毫无结果，而我和他不过是一场一夜情，我告诉他我有了孩子时，他就立刻决定娶我了，真是个傻瓜啊！"

　　"后来他喝多了骂我的时候，我才知道，我告诉他的那一天是他和你分手的日子。他很冲动地要娶我，可是第二天就后悔了，幸好我没有真的怀了这个人的孩子。"

　　"你一定希望我恨你吧，可我一点儿也不，我和他的婚姻本就是一个错误，只不过我想要一个孩子，而我的孩子需要一个户口、一个父亲，仅此而已，所以，你们才是最可怜的那两个人，不对，他解脱了，你才是最可怜的那个人。哈哈哈哈哈……"她大笑着离开，可我分明看到她脸庞的眼泪。

　　有些话真假对错已经没有任何意义了，能怪谁，又能恨谁呢？

　　她凌乱地说了很多话，那些话在我的脑海里乱窜，头痛得厉害。我挣扎着站起来，走到窗口，那天晚上的月亮很亮，在那冬天的夜空里显得异常刺眼。

　　我出院的时候，景绍晨没有来接我，小帆说他去省城买东西了，已经去了一个星期，还嘱咐她来接我。

"小帆，你其实不用安慰我的。"我轻声地说。

"他自从上次来过之后就再也没有出现过，也没有打来电话。"小帆有些沮丧地低着头说。

"嗯，我知道的。"

我和冯瑞在一辆车里，车翻在离他家的别院不太远的国道上，有些故事在人的想象中比在现实里完整得多。

我回到了家，幸好我的房子还没有退，不然也许我可能会无家可归吧，我想着。

房间已经被小帆打扫过了。那个原本放在桌子上插着花的花瓶已经被小帆放在了桌子下面，估计里面的玫瑰已经枯萎了吧。那花瓶上镂空的雕花，仿佛一片挣扎的曲线。

我想起大学时我和冯瑞经过夜市时，冯瑞拿起它说："雕得很棒啊，一点都不像几十块钱的东西，送你吧，以后我买花送你的时候，你好有地方可以插。"

从那之后，它一直跟着我，从大学宿舍到后来的出租屋，我搬的每一次家它都被摆在很显眼的地方，只是在认识景绍晨之前，里面却鲜少会有鲜花。

"以后你打算怎么办？"小帆扶我坐在沙发上问道。

"我想离开这里，离开这个城市。"我突然说。

我不太记得自己是什么时候有了这样的决定，我只记得，当我把这个决定告诉小帆时态度很是坚决。

小帆没有接话，我没有看她，因为我知道她一定湿了眼眶，她总这样，开心与不开心，难过和烦躁全都表现在脸上。我和她是两个极端，我总是把什么都放在心里，什么都不表现出来。如果我也像她这样，把什么都表现出来的话，是不是我和冯瑞会是另一番景象呢？

我出院后一直都没有见到景绍晨，他也没有和我联系。

一个月后，我订了去深圳的机票，我犹豫着要不要和他告别，可最终我还是没有勇气打出那个电话。

离开的那天，我拖着箱子从楼梯口走出来，那天阳光很好，可却冷得让人不想伸手。这个住了三年多的小区从今天开始，就将成为与我没有任何关系的普通小区了。

我把行李放在预约的出租车后备厢，坐在了前座，车缓缓地开出，还没有多久，司机说："小姐，后面那个人是你的朋友吗？"

我从后视镜向后望去，是景绍晨，他在车后跑着，招着手。

我让车停下，下了车。

他从远处跑过来。他整个人瘦了一大圈儿，头发很乱，胡子好像很久没有刮过了。这是我认识他到现在，他最狼狈的一次，我的心一紧，微微抬头，生怕眼泪会不听话地流出来。

"不解释就算了，为什么连道别都没有？"他的声音嘶哑，仿佛好久都没有开口说过话了似的。

"我……我不知道要怎么说。"我声音有些打结，手紧紧地握着，指甲陷在手心里，我却不觉得疼。

"我把自己关起来认真地想了一个多月，我忍住不去联系你，可今天小帆对我说你要走了，可能再也不回来了……"他捂着脸，肩膀抖动着。

司机很没耐心地走下车，把我的行李从后备厢拿了下来，然后开车离开了。

　　我和他面对面站在这条我们曾一起散过步的街道上，我们的中间隔着几米的距离和一个看起来无比孤独的行李箱。

　　他走过来抱着我轻轻地在我耳边说："不要离开好不好，我们当一切都没有发生过好不好？"

　　"绍晨，冯瑞死了，在说要见我最后一面的时候死的。我很自责。想到我爱你更让我觉得自责，我不可能当作什么都没有发生过。"我深知自己不能够再沉默了。

　　冯瑞的死，激起了我和他在一起五年里的很多回忆，这些回忆因为他的死而变得沉重，沉重到让我喘不过气来，沉重到让我不知道自己要怎么在这个满是回忆的城市里活下去。

　　"为什么要这样，我们好不容易才在一起。我第一次见到你的时候就喜欢你了，可那时你的身边有他，而你的眼里除了他根本就没有别人。我不敢靠近你，直到知道他结婚后，我才鼓起勇气走近你。"

　　"我也是怕受伤的，我也是怕自己走近你、爱上你之后又最终失去你的痛苦的。可为什么会这样，我们明明那么好，明明那么好的。"

　　"绍晨，让我走吧，我不知道要怎么在这个城市待下去。你可以找个比我更爱你，比我更单纯的人，那样你就还是那个快乐的你，我不希望你因为我而改变什么，你是景绍晨啊，那个可以把所有的不快乐都变成快乐的景绍晨啊！你怎么可以哭呢？"我的手在他的后背轻轻地抚了抚。

"那我陪你去旅游好不好，我们去丽江、去杭州、去之前你说过的婺源好不好？一切都会过去的，一切都会过去的。"他捧着我的脸，有些急切地说着。

"别这样，绍晨，你都明白的，我和你都不同了。有些事不是那么容易过去的。"我轻轻地推开他，挥手又拦了一辆车。

我必须要快一点离开，我怕再说下去，我会心软，我会再也不想要离开他了。我不能那么自私，我不能让如此美好的他和我一起背负冯瑞死亡的阴影，这些让我一个人背着就好了。

他木讷地站在那里，我想他的内心也在挣扎吧。司机下车帮我把行李放进后备厢。

我站定看着他，却说不出任何与道别有关的话。

我打开车门，他仍然站在那里，只是突然有些小声地说："你走了，就永远都不要再回来。"

　　只一句，我忍了这么久的眼泪便决了堤，我上了车没有再回头。可是不知道为什么我脑海里却总有一幅他站在那空旷的街道上，越来越远最后变成小点儿的画面，那画面那么真实，真实到让我每次在梦中看到时都忍不住想要跳下疾驰的车奔向他。

　　到了深圳之后，和小帆的联系也变得很淡，去年她打电话来说景绍晨结婚了，她去参加了婚礼，婚礼是在新城区的咖啡厅里办的。

　　小帆说她很喜欢那个叫作恋人空间的区域，里面是榻榻米的，她经常会拿着电脑在里面窝一下午，可婚礼时那个区域关闭了，她觉得很失望没有待多久就走了。

　　一转眼十年过去了，那些过去早已经被我封存在心底的某一个角落，我习惯性地缩在自己波澜不惊的外壳里，不愿再回想过去，深圳的包容让我爱上了这里，这个城市不在乎你的过去，也可以容忍你的孤独。

　　打开过去的盒子注定是要失眠的，我看着那轮皎洁的月，孤冷而遥远地照向这个城市，这个城市年轻又很有活力，繁华得有些轻浮，这里的人都必须坚强且独立，他们可能都有着自己安放在别处的故事，从不曾对人讲起，甚至连自己都不再回想。

　　在这个城市里我是个没有故事的人，我的故事都留在了那

个遥远的北方小城，而那个城市里与故事有关的人都已经有了
各自的结局。

那个中年男人的声音吵醒了我安放在别处的过去，我像一
匹疲惫的牛安静地反刍着。

心中那个安放着过去的地方仍然会有些疼，但却已不似先前
那么激烈了。我相信生命中这些被安放在别处的过去，在我老去时
一定会变成一个个色彩斑斓的画卷，背叛也好，疼痛也好，生离也
好，死别也好，都不过是那幅画卷里不同色彩的一笔，这十年里我
可能不敢想起他们，可也许再过十年，我再想起他们时，会露出微
笑，会细细地回味那被我封存的点点滴滴。

有人被困在爱情里

李荷西

无法预知下一秒会发生什么灾难的现世，既然相爱，为什么要互相伤害？有互相伤害的那点力气，为什么不一起努力？

1. 世界很危险，要保护好自己

2005年，我刚毕业。在陌生的城市街头，我啃着煎饼，看一条狗和一只鸭子。卖煎饼的阿姨说，鸭子3岁了，狗1岁半。那条狗是那只鸭子看大的，它们形影不离十分亲密。

天刚刚落过雨，7月的早上，草木清新。有蜗牛趴在绿叶上，有蚯蚓在奋力往湿润的砖缝里钻。我羡慕那狗和鸭子的互相陪伴，蜗牛驮着自己的房产，蚯蚓奋不顾身的牵念。

而我，除了矫情的诗和远方，一无所有。

那一年，我认识了马修，瘦、高、鸡血、胆大包天。我在一家小公司上班，老板很年轻，喜欢隔三差五地带大家去K歌。大包房里，有人跳舞，有人喝酒，有人唱歌，有人勾搭。我坐了一会儿，决定先离开。马修带了一群人进来。我不认识他，他和所有人打招呼，看见我时，笑问："你就是Bonnie？"

那一年我所在的公司，所有人都只喊英文名。

我点点头："你认识我？"

"现在不是认识了吗？"他笑得带点自得。

我还一个微笑，没再回复。他要走了我的号码，说再联系。

一周后，老板喊我去办公室："马修有没有联系你？"

"谁是马修？"我已经忘了。

"他现在是我们的竞争对手，上次跟你要号码，我以为他要挖你跳槽。"

"没有。"我摆摆手说，"您放心。"

出了办公室，我觉得不可思议。我工作还不到一年，怎么会有人挖我跳槽。

在下班的路上，我去了超市。电视机里正在播放台湾被台风"凤凰"袭击的消息。我呆呆地看了一会儿，不知道什么时候，马修出现在我的旁边。

"世界很危险，"他说，"要保护好自己。"我诧异地盯着他，想起老板的话。

"和我一起吃个饭吧。"他十分友好的样子。在美味厨点了快餐，他细心地用茶水把我的碗碟洗干净。我安静地吃，等他提出挖人的邀请，但他什么都没有说。附近是省气象站，立在高处。

"去逛逛？"他再次发出邀请。就当是餐后消食，我想，于是起身走在他的旁边。风吹来闷热的潮气，穿着高跟鞋上坡行，有些吃力。他伸手想拉我一把，我没有接受。

"感觉很凉快呢。"他说。

明明很热。

"主要是身边的美女太冷。"他又说。我笑了。

在高处的凉亭下，看夕阳像腌透了的咸蛋黄那样缓缓下坠。在这个地球村，有人因为台风被困住了回家的路，有人被赠予了一个完美的傍晚。

2. 终于迈出了向哪个方向的第一步

我一直等马修提出邀请，甚至想好台词去拒绝他。但他没有提过。

虽然他经常出现在我下班的路上，或者我吃晚餐的快餐店，与我一起逗那条狗和那只鸭子。这种见面频繁又诡异。

有次他喝了酒，打过来一个骚扰电话，唱一首《光阴的故事》。我感觉到不对劲，也许他并不是想挖我跳槽，他是在追我。

后来有一次深夜，他忽然出现在我家的楼下，让我下去，说有话跟我说。

我趿拉着拖鞋下楼去，看到他站在一株平安树旁边。看到我，他熄灭一支烟，对我说："我刚加完班回来，这几天很忙没能和你一起吃饭。"

"没什么啊"，我说，"我又不是不能自己吃饭。"

他沉默了一下说："我挺想你的，你不想我吗？"

"我为什么要想你啊。"我觉得莫名其妙。

"好吧，去睡吧。"他又目送我上楼。踏在楼梯上，我才觉得他和之前不太一样。于是又走下楼梯。果然，他没走，又点燃了一支烟。我问他是不是发生了什么事儿。他说，公司遇到点麻烦。

"有没有什么我可以帮忙的？"这话一开口，就像站在人生的十字路口踌躇时，终于迈出了向哪个方向的第一步。

"有啊。"他这下笑得舒展了："我很需要你。"

3. 连男女相悦也有些身不由己

我之前谈过几次恋爱，后来大学男友劈腿，分开后很长时间怀疑爱情。我不讨厌马修，一个人在孤单的他乡，也会渴望爱情和牵念。在我们还并不熟悉，只认识一个月的那个夜晚，他满身烟味，一脸疲惫地说："我很需要你。"然后他张开了手臂。

一个拥抱不代表什么。不知道他什么时候和为什么喜欢上我，每天只睡4个小时的忙碌间或还来邀我吃饭玩偶遇，在酒醉和疲惫的时候拿我当充电器。我的心动是在那个拥抱后，回到房间，无法入眠时发生的，回忆里他那样清晰，细节也都在彰显。

第二天，我收到大束玫瑰花，卡片上是昭示天下的表白。我的搭档Yvonne读出来的时候，四周一片嘘声。老板喊我去了办公室。"你辞职吧。"他说，"你再待下去，我怕你泄露公司机密。缘尽至此，去财务部领工资吧。"

我就这样被炒了，可我还没有收到跳槽的邀请。刚走到公司的楼下，就接到电话："花收到了吗？"

"嗯。"

"那为什么不带下来？"远远地，我看见马修骑着一辆电动车停在路边。

骑着小号电动车的创业男青年，真是街边独特的风景线。

我们开始恋爱。

我问他为什么第一次见面就似乎与我神交已久的样子。

他不说，逼急了就打马虎眼：你猜？

我自然猜不到。我曾想这个人是为了挖我跳槽所以才用恋爱迂回战术吗？可事实是，他从来没提过让我去公司的话。我准备参加一个报社考试的时候，他表示了支持和鼓励。

我进报社培训的时候，带我的老师说：你一看就在恋爱。

我不知道自己总会莫名其妙地笑起来。有时是想起他说的冷笑话，有时是想起他与我走在一起时，手小心又亲密地搭在我的腰间。有时在回味我们的第一个吻，在我家楼下难舍难分时，被路过的老太太骂有伤风化。

现在想来，这只是一个再简单不过的爱情故事。一个正当青春的男人，去追求一个正当青春的女人，没怎么费力，两人就在一起了。速食社会，连男女相悦也有些身不由己。

约会的时候，我能感觉到他的喜欢。他吃饭快，总是目不转睛地盯着我吃，带点欣慰。一有机会便紧握我的手。偶尔我说一句什么，入了他的心，会揉揉我的头发，很满意的样子。他特别忙，经常约会完又回去加班。只是他从来没有带我去公司。

后来Yvonne被挖去他的公司上班了一段时间，我才知道公司的经营状况很差。我按着手机里Yvonne发给我的地址，找了过去。在简陋的两层民房里，我看到马修因为通宵维护网站，在沙发上补觉。那是我第一次见到他睡着的样子，眉头紧锁，张着嘴巴，鼾声如雷，一点都不似与我在一起时意气风发的样子。

Yvonne之前告诉我，公司一直亏损，不知道能不能坚持下去。

我曾经所在的公司和马修的公司各自有一个网站，服务欧美客户。我曾在客服组，负责客人下单后的Paypal电话验证，确保每笔订单都来自于信用卡的持有者，并通过口音辨认是否是国内的骗子。而马修的公司，Paypal撤付不少，这对新公司来说，几乎是毁灭性打击。Yvonne悄悄对我说："你来嘛，帮帮你男友咯。"

"好，"我说，跟她一起走进客服组。我指导几个新人打电话，纠正和补充他们的工作流程。等我再抬头的时候，就看到马修在沉默地看着我。一起从公司出来，他还一脸不高兴："你怎么会来？"

我说："来参观一下怎么了。"

他没说话。吃饭的时候也一副这些菜不如去喂狗的嫌弃表情。我有些烦："你怎么回事？"

他憋呀憋的终于说："我不想让你看到我现在失败的样子。"

"你不失败啊，"我说，"奋斗向前的人永不言败。"

他轻笑了一下，捏捏我的手指。

4. 来去归属感

我去了马修的公司。踏进公司大门的那一刻，我终于有了一种归属感。

前一天是平安夜，我们在人潮拥挤的街头走着，所有的餐厅都人满为患。卖玫瑰和巧克力的孩子在人群中穿梭，他心软地买了5朵玫瑰，却花掉了50朵的钱。后来终于在一家钵钵鸡店找到位置。坐下来后，他向我道歉，没能给我准备什么特别的礼物。

我说报社的试用期我没通过，想去你公司讨口饭吃。他呆了呆说："你确定？我那里很苦，要上夜班。每天工作12小时，有时还得加班。"我点点头。

他又说："你在家待着也好，我养你。"

我笑了："我想让你的公司养啊。"

"太狡猾了，"他说，"你明明是在送我礼物。"

我举手喊服务生，假装没看到他眼中的感动和羞怯。

我不是什么有奉献精神的人，在爱情里也是。我所做的一切，只是听从内心的需要。我是会吃一些苦，但我也会得到更多。比如那种长跑到最后筋疲力尽双腿僵硬心跳剧烈大脑却无比空明的感觉。我知道，马修正在体验那感觉。

我是客服组夜班最多的一个，我经常一个晚上要打上百个电话。早上和换班的人交接完工作后，和同样通宵加班后的马修一起回家。很累，但坐在他的小电动上，揽住他腰的感觉却让那一晚的辛苦变得值得。相拥睡去后，旧小区窗外，有收废品的人，敲着拨浪鼓一次次经过。马修拉开窗户喊："别敲了行吗？影响我老婆睡觉！"我迷迷糊糊地笑起来。

我以为我们是不分彼此的好，是愿意为对方付出无怨无悔的好，是可以不问过去直奔白头的好，但我错了。

后来我一次失职，被一个国内骗子Paypal撤付，那天刚好有投资人来视察。总之当马修当着所有人的面说这次责任必须由Bonnie独自承担的时候，我不敢相信自己的耳朵。Paypal撤付是有风险预留金的，但我除了点头说好，不能提出任何别的意见。我被扣光两个月薪水。

不是钱的事儿，我只是觉得难过，为什么他不听我的解释，一点都没给我面子。他跟我解释公司得向正规化发展，没有规矩不成方圆。我们冷战很多天，他没有跟我道歉，我觉得我像兔死狗烹的那条狗，什么爱情，什么工作，都不过是一场被涮的游戏。

我甚至搬出去和Yvonne同住，完全无视他几次的示好与和解。

一个月后，我提出辞职。当天，收到公共邮件，说在马修的申请下，马修个人把他所持有的38%的股份，分给Bonnie18%。我辞职的时候，马修特别吃惊，冷战所带来的爆发力，让他恼羞成怒地在办公室吼叫着拍了桌子。

他生气的样子让我更加坚持，并且加一条："我要和你分手。"

最后他妥协了："公司马上就要盈利了，你不能等一等吗？"

"不能。"我斩钉截铁，非走不可。"难道我是因为现在公司状况不好和你提的分手吗？你根本不知道我在伤心什么。"

"你现在是股东啊。"

"我不要那什么股份，还给你。"

5. 一见钟情这种事儿，不是能控制的

我一直都是任性的人。可蹲在办公室楼下哭得像条狗的明明也是我啊！我没有什么牵念了，但我却舍不得离开，而是另租了一个房子，换掉号码，开始写小说投稿。

两个月后，我在网上收到前老板发来的消息。他问我是不是和马修分手了，我说是。他说，那好吧，我们见面聊。出于礼貌我去了。前老板的网站一直做得很好，今年应该还是大丰收。他问我想不想回去工作。我拒绝了。

他又说了另一件事："你知道马修为什么会在第一次见面的时候就好像认识你的样子？因为我曾经告诉过他，我想追一个叫Bonnie的女孩。只是当时我有婚约，不能跟你表白，没想到让马修捷足先登。"我气得发抖，我从未想过我的名字会在男人聚会里出现，像猎物，像玩偶，被标注画圈，被瞄准射杀。

"你不觉得他是小人吗？他盗走我的盈利模式，又盗走你。"前老板很沉痛的样子。

"不好意思，你也不怎么样。有未婚妻还觊觎别的女孩。抱歉，我先走了。"我抓起包，便往马修的公司里冲。

他果然在。我没头没脸地就拿包砸过去。我质问他，攻击他，每一句话从我嘴里说出来都心如刀割，流泪不停。他由我打骂，最后把我紧紧抱住，在我耳边说："亲爱的，你知道吗，就是今天，我们的公司盈利了。除去之前的所有投资，各种花费，今天我们的账面余额终于不是负数，是1块钱！"

"我们"他一直说的是"我们"。1块钱，让之前我所有的疼痛都冰冻破碎，身心即刻地转成一种无可抑制的欢喜，眼泪还挂着问："是真的吗？"

那晚，我们在一起了。他诚恳地告诉我说他喜欢我和任何别的人无关。一见钟情这种事儿，又不是他能控制的。我对答案还算满意。只是我不再去他的公司上班，而专心写我喜欢的小说。而那1块钱的盈利后，公司开始越来越好。年底分红时，他拿到房子的首付。而我被他坚持保留的18%的股份，竟然也有了一笔不错的入账。

我们在朝着幸福的康庄大道上奔跑。从无到有，也许只有我明白他曾经多累多恐惧。

可是人总是会变的，对吗？2007年，马修把原计划买房子的钱拿去买车，入了一辆宝马。他又继续经常参加男人间的聚会，喝酒，打麻将，玩到很晚才回来。有一次无意间我看到他的一条短信，上面写着："什么时候再来玩儿啊。薇娜。"我的脑海爆炸起蘑菇云。他慌张解释说只是KTV公主，点过几瓶好酒，她要走号码。我感觉心像是被谁猛刺进去一把尖刀，痛得嚎啕大哭。

最后他保证说再也不去KTV了，苦苦哀求我原谅和不要离开。当然，后来我没走，我也舍不得他和我们共同经历过的悲惨和喜悦。但之后，他开始不怎么开心。经常在拒绝聚会电话后，悄悄看我的脸色。在我看书的房间里，他走得像一条家教良好却找不到如厕地的狗。

6. 既然相爱，就不要互相伤害

我们开始为鸡毛蒜皮的小事争吵。不知道是不是吵得太多，我们都有些疲了。

2008年，汶川地震的时候，我们吵得最凶，因为冷战，他之前住在公司，后来干脆背起包和一帮志愿者开车去了四川，连招呼都没打。余震不断的时候，我担心又生气，每天打电话骂他。骂不完都不罢休，发誓等他回来立刻分手。但等他真的回来的时候，我除了紧紧拥抱他，感激上天再没有别的感觉。

2009年，因为公司盈利稳定，马修准备拿出一些钱去做新投资。他先跟风做了本地团购论坛，折腾没多久，最后不断亏损不了了之。后来准备自创物流品牌，却遇人不淑，投资被合伙人卷款逃走。之后又小打小闹很长时间，没取得什么成就，而存款几乎要耗尽。

也许是因为钱，也许是因为失望，也许是爱情和存款一样被消耗殆尽。总之我能深刻地感觉到心一点点冷掉，我开始无视他。后来有一次，我们面对面坐着吃饭，谁也没有讲一句话。吃到末尾，他忽然流了眼泪："我觉得我已经彻底失去你了。"我们心平气和地谈分手。每一份恋爱都不是以分手为目的，所以这始料未及的结局让我心如刀绞。

"一直在陪着我忙，我们竟然从来没有一起旅行过。你不是喜欢美国吗？我们去美国！"

"是分手旅行吗？"我问。

"算是吧。"他说。

那是2013年4月，我们去了波士顿，在这个我向往已久的城市，偶遇了一场马拉松比赛。我们站在围观的人群中呼喊加油，感觉到在异乡的那种若有若无的惺惺相惜与彼此依靠。旁边的科普里广场突然传来爆炸声。人群拥挤尖叫，在烟雾迷漫中，马修惊慌地抱起我一路狂奔。闻着呛鼻的火药味，听着耳旁的痛哭呼喊。那么一瞬间，我抓紧他的衣服，突然觉得什么都不重要了，活着才最重要。

无法预知下一秒会发生什么灾难的现世，既然相爱，为什么要互相伤害？有互相伤害的那点力气，为什么不一起努力？

我把头往他怀里埋得紧了些。

有人被困在回家的路上，有人被困在了爱情里。